La collection « Girouette »
est dirigée par Michel Lavoie

D1157738

Paradigme 87

L'auteure

Sonia K. Laflamme a une formation en criminologie. Elle a beaucoup œuvré en milieu scolaire, notamment en prévention de la violence chez les jeunes. Dès son jeune âge, elle a développé un goût pour toutes les formes d'écriture, que ce soit poésie, pièces de théâtre, nouvelles, romans, scénarios. Quand vient le temps de s'aérer les pensées et de faire le vide, elle a recours à plusieurs trucs. Elle marche beaucoup, danse le flamenco pour la passion des gestes et de la musique, fait de la boxe pour évacuer le trop-plein d'énergie, et voyage le plus souvent possible afin de s'imprégner d'autres cultures.

Bibliographie
Le Grand Jaguar, Gatineau, Vents d'Ouest, « Ado », n° 48.

La Nuit de tous les vampires, Hull, Vents d'Ouest, « Ado », n° 41, 2002.

La Malédiction, Montréal, Hurtubise HMH, « Atout fantastique », 2001.

Site web de l'auteure :
www.soniaklaflamme.com

Sonia K. Laflamme
Paradigme 87

science-fiction

collection G I R O U E T T E

Données de catalogage avant publication (Canada)

Laflamme, Sonia K.
  Paradigme 87

  (Collection Girouette ; 9. Science-fiction)
  Pour les jeunes de 9 à 12 ans.

  ISBN 2-89537-066-4

  I. Titre. II. Paradigme quatre-vingt-sept. III. Collection:
Collection Girouette ; 9. IV. Collection: Collection
Girouette. Science-fiction.

PS8573.A351P37 2003   jC843'.6   C2003-941004-8
PS9573.A351P37 2003
PZ23.L33Pa 2003

Nous remercions le Conseil des Arts du Canada de l'aide accordée à
notre programme de publication. Nous reconnaissons l'aide financière
du gouvernement du Canada par l'entremise du Programme d'Aide au
Développement de l'Industrie de l'Édition (PADIÉ) pour nos activités
d'édition. Nous remercions également la Société de développement des
entreprises culturelles ainsi que la Ville de Gatineau de leur soutien.

Dépôt légal –   Bibliothèque nationale du Québec, 2003
                  Bibliothèque nationale du Canada, 2003

Révision : Michel Santerre
Correction d'épreuves : Renée Labat
Illustrations intérieures : Paul Roux
Infographie : Christian Quesnel

Éditions Vents d'Ouest
185, rue Eddy
Gatineau (Québec)
J8X 2X2
Téléphone :   (819) 770-6377
Télécopieur :   (819) 770-0559
Courriel :   info@ventsdouest.ca
Site Internet :   www.ventsdouest.ca

Diffusion Canada : PROLOGUE INC.
Téléphone :   (450) 434-0306
Télécopieur :   (450) 434-2627

Prologue

UN GROUPE de jeunes entre au centre de récupération. Le contremaître relève la tête en reconnaissant leurs jacassements joyeux. Comme à son habitude, il leur rappelle les consignes à suivre pour l'activité de l'après-midi. Ravis d'avoir été sélectionnés parmi l'élite académique de la colonie Upsilon, les jeunes sélènes travaillent bénévolement quatre heures par semaine. Un brassard distinctif de couleur orangée orne la manche grise de leur combinaison scolaire et fait leur fierté, mais aussi celle de leurs parents. Le petit groupe se dirige vers l'aire de tri. Après quelques plaisanteries, chacun prend la place qu'on lui a attribuée.

Au bout d'une demi-heure de classement systématique, Pixie, l'un des garçons, met la main sur un objet étrange, sorti tout droit, se convainc-t-il, d'un autre siècle.

– Regardez ce que j'ai trouvé ! dit-il à ses amis.

Les autres délaissent leur routine pour s'approcher. Ils se penchent, observent le bracelet de plastique sous tous les angles. Zaza, la seule fille qui les accompagne, attrape l'objet. Elle le soumet au détecteur de radiations. Rien. Quant à l'analyse électrique, elle n'indique qu'une très faible tension. Le contact se fait à peine.

– Ça doit être un nano-ordinateur portable de première génération, suppose-t-elle sans trop se tromper. Une antiquité tout juste bonne à rien.

Les autres approuvent puis retournent à leur besogne communautaire. Tout de même curieux, Pixie reprend le bracelet. À l'aide d'un tournevis, il ouvre le boîtier, joue avec quelques circuits. Aussitôt, le bracelet s'illumine. Un visage virtuel aux traits mal définis apparaît sur le petit écran. Il salue le garçon d'une voix à la texture robotisée.

– Ah bon ? fait Zaza avec étonnement. Il fonctionne encore ?

– Mais à quoi ça sert ? s'interroge Pixie.

– Je suis Coach, répond alors le bracelet, une application personnelle servant de conseil et de support à l'optimisation du développement humain.

Les deux jeunes se regardent avec de larges sourires amusés.

– Parfait, dit Pixie tandis qu'il lance un clin d'œil moqueur à son amie. Dis-moi comment faire pour devenir député de l'astrogouvernement Union ?

Le nano-ordinateur met un certain temps avant de formuler sa réponse.

– Je ne comprends pas le sens de votre question, déclare-t-il. Veuillez préciser les paramètres du terme *astrogouvernement*, je vous prie.

Hébété par l'ignorance du dispositif, Pixie le jette nonchalamment dans le chariot à déchets. Ne désirant plus perdre de temps avec des babioles obsolètes, Zaza et lui se remettent au travail. Car ne pas connaître l'astrogouvernement Union revient ni plus ni moins à occulter le pouvoir d'une politique internationale unique qui a fait de la colonisation spatiale et de sa démocratisation un brillant succès.

La déprogrammation

– Tu ne m'aimes plus, dit Jama d'une voix de plus en plus faible.

Sa tête se pose en douceur sur l'oreiller. Ses paupières clignent puis se referment sur des prunelles émeraude dont le terne éclat annonce déjà la fin. Dans un dernier soubresaut, son petit corps s'agite. Sous le pelage synthétique aux reflets ambrés, sa peau de silicone se tend, semble presque sur le point d'éclater. Comme si Jama tentait d'aspirer tout l'oxygène de la pièce.

– Tu ne m'aimes pas, râle-t-il péniblement. Tu n'es pas un bon maître !

Pixie ramasse aussitôt l'automate pour le secouer désespérément. Il le caresse, lui susurre des mots doux à l'oreille, des mots d'encouragement. Des mots que le garçon ne dit plus à son animal de compagnie depuis plusieurs semaines. Il est cependant trop tard. La pile vitale de Jama tombe à plat. Rien ni personne ne peut la recharger. Le garçon le sait. On l'a pourtant prévenu que cela ne doit jamais, au grand jamais, arriver.

Le garçon soulève les paupières closes de Jama et enfonce deux doigts dans les orbites. Aussitôt, un grincement sourd émane du jouet. Une plaquette de plexiglas surgit à l'arrière du crâne de l'automate. Elle porte l'inscription suivante :

JAMA : J'Aime Mon Automate
Sous-produit des solutions de Gestion Totale.
Au cœur des systèmes d'exploitation et de maintien de l'ordre des colonies et des stations spatiales.
N° de série :
TOT-JAMA/4185.Pix.2079/lune

Aucune instruction. Aucun avertissement. Rien. Que le nom de *Totale.* Pixie n'en est pas surpris. La compagnie d'ingénierie médicale, travaillant à l'élaboration de divers concepts d'intelligence artificielle mais aussi à la régression des maladies, est largement soutenue par l'astrogouvernement Union.

Que faire, maintenant ? Ses amis possèdent eux aussi un Jama. Le chien automate représente le dernier cri du divertissement cognitif. Les parents et la société extraterrestre le considèrent comme le moyen idéal d'initier les nouvelles générations à l'autoresponsabilisation. Et les jeunes l'adorent. Ils en rêvent tous. Ils reçoivent l'animal de compagnie lors du neuvième anniversaire, en même temps que la fameuse cérémonie de l'Engagement. D'ordinaire, la pile s'éteint après une usure normale, lorsque le jeune maître s'inscrit aux études supérieures, vers seize ans. Mais pas avant. Pas au bout d'une seule année. Cela n'arrive jamais aussi vite.

Le garçon regarde autour de lui. Sa respiration se fait plus courte. La panique s'installe. Il a l'impression que les murs de la pièce triangulaire se resserrent davantage sur lui.

Une tonne de questions fusent dans son esprit : pourquoi n'est-il plus tout à fait comme ses amis ? Pourquoi n'éprouve-t-il plus le désir de prendre soin de son Jama ? Est-il malade ? Normal ? Comment son entourage va-t-il interpréter la fin subite de l'automate ? Il se demande comment il va réussir à cacher aux yeux des autres une chose si capitale.

Pixie réfléchit. Ses sourcils se froncent. Il finit par se détendre, par sourire. Son Jama n'est qu'une machine après tout. Il ne faut pas lui accorder plus d'importance qu'il en a – ou qu'il devrait en avoir – en réalité. Après une profonde inspiration, il se lève. Il s'étire le cou par-dessus la mince cloison qui sépare la chambre en deux. Le second lit est fait. Sa sœur Cookie est déjà partie. Il n'y a donc aucun témoin de la mort prématurée de Jama. Tant mieux. Il enfouit l'automate dans son sac à dos.

« Sept heures trente minutes », annonce une voix nasillarde sortant d'un dispositif fixé tout près de la porte.

Il saute aussitôt dans le cube sanitaire. Trois minutes d'eau savonneuse suivie de deux d'eau claire. Le drain central aspire ensuite toutes les gouttelettes. Le garçon appuie sur le bouton de séchage corporel. Il ébouriffe légèrement ses cheveux sous le courant d'air chaud. Au sortir du cube, il donne un coup de pied à son lit qui se redresse à l'horizontale contre le mur pour dégager un large plateau servant de pupitre.

Pixie attrape l'une des cinq poignées de l'armoire renfermant ses effets personnels. D'un tiroir, il retire une combinaison gris pâle qu'il enfile. D'un autre, il choisit une paire de hauts chaussons à semelles rigides et hop ! le voilà qui passe dans le reste de l'unité d'habitation.

Aussi de forme triangulaire, le salon et la salle à manger à aire ouverte permettent à toute la famille de se retrouver et d'échanger. La sobre décoration compte peu de meubles : une table, quatre chaises en plus d'un comptoir de réhydratation de la nourriture, un sofa, un fauteuil de même que quelques plantes artificielles. Toute la pièce s'harmonise en différents tons de vert. Les parents de Pixie, en train de prendre le petit-déjeuner, discutent tout en suivant d'une oreille distraite les nouvelles du matin, diffusées sur le moniteur mural.

– Bon matin, Pixie ! font-ils en chœur d'une voix monocorde.

Le garçon sourit maladroitement. Ce salut matinal lui donne trop souvent le sentiment de vivre en compagnie d'androïdes synchrones dépourvus d'âme.

– Voici des rôties avec de la confiture, déclare sa mère qui lui tend une assiette. Veux-tu un fruit ?

Pixie s'assoit en acquiesçant. En trois bouchées seulement, il ne reste rien du repas frugal. Le garçon songe à demander une seconde portion mais y renonce. Il ne tient pas à alarmer ses parents qui, ces temps-ci, s'inquiètent pour un rien. Il s'apprête à quitter l'unité lorsque son père lui annonce une terrible nouvelle :

– Nous ne prendrons pas de vacances cette année.

Pixie fait volte-face. Il affiche une moue fort désappointée.

– Mais ça fait trois ans que nous ne sommes pas allés sur la Terre !

– Le voyage coûte cher, Pixie.

– Mais, grâce à toutes les heures de surtemps que vous faites, coupe-t-il, nous pouvons nous le permettre !

Ses parents se toisent un instant avec embarras. Ils ne sont guère habitués à se faire contredire. Sa mère prend aussitôt un air sévère, presque hautain.

– Le voyage coûte très cher, répète-t-elle. De plus, il n'y a aucun moyen de se prémunir contre les éventuelles attaques terroristes. Les rebelles tentent de miner la crédibilité de l'astrogouvernement par tous les moyens. Et en toutes circonstances. Tu le sais bien, Pixie.

Le garçon souhaite préciser que ces attaques demeurent rarissimes, mais son père le foudroie d'une œillade qui impose le silence.

À l'origine, le parti politique Union constituait un espace pacifique dans l'une des périodes les plus tourmentées de l'Histoire. À ce moment, des guerres vindicatives décimaient la population en même temps que se déchaînaient des catastrophes climatiques et des épidémies. L'Union proposait un modèle simple d'observance pour les états membres. Une seule loi à suivre : la paix via la sécurité et l'information. Les rebelles, engagés contre l'Union avant le début de la colonisation spatiale, s'opposaient à l'établissement d'un tel état policier informatique. Plusieurs décennies plus tard, ils livrent toujours bataille et fomentent des troubles partout. Même la Lune, jusqu'alors considérée comme terrain neutre, n'y échappe plus. Bien que tous les astrocitoyens du Système solaire se sentent parfois menacés, la cause rebelle reste un cas isolé. Elle ne recrute des membres que parmi les humanistes intellectuels ou les artistes des stations spatiales. Ou encore parmi les mutants des zones non protégées de la Terre, laissés-pour-compte et anciens irréductibles qui n'ont jamais voulu se soumettre à la mise en vigueur des systèmes de sécurité.

– L'an prochain alors ? se risque timidement Pixie.

– Non, nous irons sur Mars. Ta mère et moi venons de poser notre candidature pour travailler à la nouvelle usine d'engrais organiques. La compagnie déboursera les frais de déplacement. Si nous sommes acceptés, les premières vacances ne pourront pas être prises avant cinq ans.

Cinq ans ! Pixie baisse le menton pour mieux cacher son trouble. Il rêve de la Terre depuis si longtemps. Les nuages dans le ciel, la mer houleuse, la forêt odorante, la brise sur son visage… Chaque jour, ses pensées volent vers la planète bleue. Du coup, pour une simple question d'ordre professionnel, il doit renoncer à tout un mois de vacances. Il ne pourra donc pas échapper à la vie sous cloche ni gambader sans respirateur dans la nature.

– Pourquoi Mars ? C'est si loin, si laid…, fait-il d'une voix plaintive.

– En obtenant de meilleurs salaires et des conditions de travail plus agréables, nous hausserons notre niveau de vie,

Pixie. Ici, nous ne pouvons plus aspirer à la moindre promotion. Sans compter que l'engagement politique diminue. Il n'y aura jamais d'atmosphère sur la Lune. C'est trop petit. Nous voulons contribuer de façon décisive à l'avancement de l'humanité. Notre avenir se trouve là-bas.

– Mais à quoi sert d'avoir autant d'avancement si nous n'en profitons pas pour nous amuser ?

– Pixie ! tonne son père. Nous ne te permettons pas de critiquer nos décisions. Maintenant va à l'école. Tu es en retard, une fois de plus !

Le garçon soupire, obéit sans répliquer. Grâce à un commutateur discret, il fait glisser la porte de l'unité d'habitation qui disparaît entre les parois du mur. Lorsqu'elle se referme derrière lui, le père de Pixie, debout dans le salon, hausse un sourcil.

– As-tu vu son Jama, ce matin ? demande-t-il à son épouse.

La mère essaie de se souvenir. Elle passe en revue tous les événements de la matinée. Non, elle n'a pas vu le chien automate, lui qui quémande sans cesse des câlins. Elle dépose son menton au creux de sa paume.

– Pixie se comporte de façon étrange, depuis quelque temps, fait-elle d'un air inquiet.

– Je l'ai moi aussi remarqué, ma chérie. Je vais lui prendre un rendez-vous chez le médecin le plus tôt possible.

★

Vues du ciel, toutes les colonies lunaires ont la forme d'une étoile. Chacune des cinq branches remplit une fonction spécifique. La zone résidentielle abrite les unités d'habitation des familles de colons. Les députés unionistes de l'astrogouvernement, les représentants des multinationales, la police coloniale ainsi que le sophistiqué bloc médical siègent dans la zone administrative. Les vols intragalactiques ainsi que la réception et le chargement des marchandises se font aux quais spatiaux. La zone ouvrière accueille différents centres de tri, de recyclage, d'épuration des eaux usées et de contrôle de la qualité de l'air ambiant, en plus de conduire vers les nombreux sites d'extraction et de raffinage de minerai. Enfin, le secteur académique de même que les complexes récréatif et commercial se retrouvent dans la cinquième branche. Tout au centre de l'étoile, pour unir entre elles les zones qui s'élèvent sur quatre étages par endroit, un immense parc de verdure sert de refuge aux colons qui viennent y flâner le soir.

Dans le couloir se faufilant entre les unités d'habitation, Pixie marche jusqu'à la minuscule aire de stationnement. Il saisit le guidon de sa trottinette à piles et active, à l'aide du pouce droit, la fonction *déverrouillage*. Après avoir reconnu l'empreinte digitale, l'appareil se met en marche. Le garçon place ses pieds sur l'étroite plateforme et quitte la zone résidentielle. Il croise quelques connaissances qui déambulent sur tapis roulant, en mini-jeeps sans toit ou, comme lui, en patinettes électriques. Il les salue d'un signe de tête.

Filant debout sur l'engin silencieux, il décide de passer par le grand parc central. Une minute de plus ou de moins ne changera rien à la situation. Il est déjà en retard, de toute façon. Il circule dans les allées de verdure avec tristesse. Il relève le menton. À travers le gigantesque dôme qui protège l'atmosphère de composition de la colonie lunaire, il aperçoit la silhouette bleutée de la Terre, couronnée par l'auréole solaire. Après un moment d'hésitation, il poursuit sa route jusqu'au secteur académique. Il gare sa trottinette puis entre dans l'école. Il pousse la porte du local au moment de la prise des présences. Le témoin lumineux rouge de son pupitre clignote. Avec son index, Pixie le fait passer au vert.

– Où étais-tu, encore ? murmure Zaza.

– Chut ! répond simplement le retardataire.

Le visage d'un formateur virtuel apparaît sur les écrans des pupitres inclinés.

– Où est ton Jama ? s'enquiert un autre de ses compagnons de classe tandis qu'il caresse le sien.

– J'ai dit chut !

Un second voyant rouge attire l'attention des élèves. Le silence se fait et le cours débute. L'enseignant virtuel leur souhaite la bienvenue à la classe *Apprentissage de la langue et perfectionnement du vocabulaire*. À l'aide d'un clavier incorporé au bas du pupitre, Pixie retranscrit le court texte qu'on lui dicte. Lorsqu'il a terminé, le correcteur indique les fautes en caractères gras puis attribue une note. Le professeur demande ensuite aux élèves de choisir un mot de la dictée afin d'en citer le plus de synonymes possible.

Pixie surligne le mot *voyage* auquel il accole sa liste d'équivalents : Terre, liberté, air pur, nature…

« Aucun de ces mots ne correspond à des synonymes du mot *voyage*. Note : zéro sur cinq. Révision possible à titre de devoir additionnel. Remise suggérée : demain. »

Tous les élèves regardent Pixie avec curiosité. La voix du formateur a rendu sa sentence devant l'ensemble de la classe. L'humiliation du zéro n'est pas chose courante. Mais les formateurs n'hésitent jamais à s'en servir pour amener un candidat à se surpasser.

Le garçon pointe le devoir supplémentaire du bout du doigt et le fait glisser dans son calepin portatif, branché au pupitre. L'écran présente alors un deuxième enseignant virtuel qui annonce le prochain cours. Celui-ci effectue un bref rappel des thèmes historiques abordés la veille avant d'attaquer la matière du jour.

Mais Pixie n'écoute pas. Il lui semble que depuis trop longtemps on leur rabâche les oreilles avec la même chose. Les armes de destruction massive utilisées au début du millénaire ne l'émeuvent plus. Ni la fuite dans les bunkers souterrains causée par la précarisation de l'environnement, la forte radiation et les épidémies. La poursuite de la conquête de l'espace constituait la dernière chance de l'espèce humaine. Elle présentait aussi l'avantage de donner un peu de répit à la Terre qui devait se refaire une biodiversité. Le garçon connaît tous les détails des débuts fracassants de la colonisation de Mars. Il se rappelle très bien des reportages sur la fonte des calottes polaires à l'aide de gigantesques miroirs spatiaux, la déviation calculée d'astéroïdes et l'explosion de puissantes charges nucléaires dans le cœur des volcans afin de créer un effet de serre. Il peut aussi nommer chacune des étapes de la construction des cinq mégastations spatiales, de la création du satellite pénitentiaire *Terminus*, de l'implantation de colonies d'exploitation minière sur la Lune.

« Quel est le mandat de l'astrogouvernement Union, Pixie ? » lui demande le formateur virtuel.

Pixie jette un coup d'œil à l'écran. Le voyant rouge clignote de plus belle, comme s'il s'impatientait. Le garçon ne peut se permettre d'échouer à intervalle si rapproché. À la toute dernière seconde, il trouve la réponse juste. Il appuie sur le bouton :

– L'Union fait la force, répond-il d'une voix monocorde comme s'il récitait une comptine apprise tout jeune. L'Union vise à solidariser les astrocitoyens afin d'éviter qu'une autre guerre ou qu'une négligence environnementale ne vienne saboter le succès de l'évolution humaine.

– Bonne réponse. Temps de réflexion trop long. Note : trois sur cinq.

Pixie soupire d'aise. Il l'a échappé belle. Encore une chance qu'on ne l'ait pas interrogé sur la cause rebelle. Il aurait eu du mal à cacher ce qu'il en pense. Sans les approuver, le garçon envie cependant les détracteurs de l'Union. Car ils semblent bien être les seuls dans tout le Système solaire à agir véritablement selon leur gré.

Après le labo d'informatique, Pixie accompagne quelques-uns des élèves à la cafétéria. Ils garent les trottinettes devant l'entrée puis s'installent à leur endroit préféré dont la vue donne sur les jeux d'arcade. Les jeunes consultent le menu électronique intégré à la table. Ils paient tout de suite en confirmant la commande de leurs empreintes digitales. Celles-ci, directement reliées au système de crédit bancaire, évitent la circulation de l'argent et préviennent la prolifération de germes. Tant qu'elles vivent sous cloche, les colonies demeurent très vulnérables aux contagions de toutes sortes.

Au bout de quelques minutes, un robot roule sur un rail fixé au plafond, au-dessus des tables. L'appareil fait d'aluminium dépose les cinq plateaux-repas. Alors que ses amis discutent entre eux des nouvelles du matin entrevues sur le moniteur de leur unité familiale, Pixie saute sur son assiette. Il engloutit les courgettes, les lentilles et le pain modifié avec une rare avidité. Il arrose le tout en s'envoyant au fond de la gorge une capsule de lait déshydraté derrière un verre d'eau. Ses amis n'ont pas encore touché à leur plat que lui a déjà terminé. Il lorgne leurs assiettes avec appétit. Il ne sait trop pourquoi la faim le tenaille autant. Cela ne lui arrive jamais d'habitude. Le garçon préférerait ne plus subir les rations calculées et imposées par les diététiciens coloniaux.

– Dis Pixie, fait Zaza pour attirer son attention. Où est ton Jama ?

Cette fois, il ne peut éviter la confrontation. Pixie doit répondre. Il n'éprouve toutefois pas l'envie de se faire mépriser ou bannir du groupe. Il opte donc pour une solution qui se présente tout simplement à son esprit. Maquiller la vérité, de temps à autre, n'est pas bien méchant.

– Je l'ai prêté à ma sœur Cookie, affirme-t-il. Elle s'ennuie du sien depuis qu'elle a commencé les études supérieures.

La réponse paraît plausible, rassure le petit auditoire. Zaza sort de son sac à dos son automate au pelage violet. Elle le cajole de la main gauche, mange de la droite. Pixie observe ses amis imiter la jeune fille dans une chorégraphie synchronisée à la perfection. Leurs gestes, même leurs commentaires, sont prévisibles.

« Des androïdes, laisse-t-il échapper malgré lui entre ses dents. Rien que des androïdes ! »

À son plus grand soulagement, ses amis terminent leur repas. Ils se rendent ensuite au complexe récréatif pour y dépenser leurs crédits de poche. Pixie avise aussitôt une nouvelle machine appelée *Terræ*. La Terre ! Sans perdre une seconde, il s'y engouffre, curieux d'expérimenter l'appareil. Il se retrouve dans une sorte de placard sombre. Un plateau de plexiglas, sorti de nulle part, s'approche en silence. Le pourtour d'une main s'illumine.

– Veuillez vous identifier, exige une voix sensuelle.

Pixie place sa main sur le plateau.

– Accès autorisé. Bon voyage, Pixie !

Immédiatement, le sol devient meuble. Le jeune sélène lève un pied, puis l'autre. Chaque pas résonne en douceur puis fait craquer des brins d'herbe séchée. Comme s'il marchait en pleine forêt. Une brise légère caresse son visage. Les premiers rayons du jour réchauffent le site enchanteur. Des oiseaux piaillent une délicieuse mélodie. Le calme règne. Pixie marche, n'arrête pas d'avancer. Il veut savoir ce qui se trouve au-delà du sentier, au bout de la forêt. Il se met à courir. Il aperçoit alors, en bordure de la piste, de petites baies rouges, invitantes à souhait. Leur parfum ravive l'appétit non rassasié du garçon. Il se penche, tend la main pour les cueillir. Il dépose les fruits sur sa langue. Il les fait rouler un moment avant de les croquer. Les grains s'éparpillent dans son gosier. La saveur de framboise explose et électrise ses papilles. Il sourit.

– Pixie ?

Le garçon sursaute. Son sourire s'efface en même temps que le sentier. Les expériences sensorielles se dissipent. La cabine redevient sombre. Il maugrée.

– Pixie ! crie encore une fois Zaza, derrière la porte de la cabine. Il faut retourner en classe, vite !

– Je vous rejoins dans deux minutes, lui lance-t-il.

Il cherche désespérément le plateau de plexi afin de renouveler la surprenante aventure. D'un mouvement brusque, il ouvre puis referme la porte. Tout de suite, le plateau surgit devant lui.

– Dernier accès autorisé pour les prochaines vingt-quatre heures. Bon voyage, Pixie !

Cette fois, le garçon se sent soulevé dans les airs, comme en état d'apesanteur. Ses membres dansent autour de lui. Ils ne rencontrent plus aucun obstacle. La cabine prend une couleur turquoise. Une étrange pellicule liquide enveloppe son corps. Devinant où il se trouve, il tire la langue pour goûter le sel marin de l'océan. Pour la première fois de sa vie, Pixie nage. Cela n'a pas l'air bien compliqué. Presque un jeu d'enfant. Un banc de poissons le frôle. Il tente de les toucher mais la variation de pression les fait changer de cap de façon déroutante. Le jeune colon se déplace sous les vagues, puis à la surface murmurante de la mer. Des sternes voltigent au-dessus de sa tête. Non loin, des ailerons fendent les eaux en s'approchant. Des dauphins l'invitent à explorer les récifs de corail. Là, il découvre une faune aquatique merveilleuse et multicolore. Certains mollusques, de formes curieuses, rampent sur le sol incertain. D'autres, telles de larges coquilles à la bouche ondulée, semblent rire en silence. De petits crabes vivent parmi les branches de corail tandis que des crevettes s'amusent à retourner sur le dos une étoile de mer.

Peu à peu, l'univers maritime s'estompe. Les pieds du garçon heurtent à nouveau le sol. La cabine perd tout son éclat. Pixie sort de la machine avec regret. Il se promet toutefois de goûter à d'autres de ses surprises. Si sa famille ne va pas sur la Terre cette année, il pourra néanmoins s'offrir des fragments de voyage tous les jours !

À vive allure, il regagne sa trottinette. Il pousse l'engin au-delà de la vitesse permise et rattrape bientôt ses amis. Revigoré par le nouveau jeu, Pixie leur propose de faire la course. Pour le seul plaisir de sentir une fois de plus la brise effleurer ses joues. Tandis qu'il circule autour du jardin du parc central, il salue la planète bleue d'un clin d'œil avant d'exécuter quelques pirouettes sur lui-même. Ses amis l'observent avec incrédulité. Quel est donc tout ce cirque ?

Effectuant une manœuvre inédite, une des roues de la patinette à piles quitte inopinément le sol. L'appareil perd l'équilibre. Pixie hurle de stupeur et lâche le guidon. Il se retrouve à terre, encerclé par ses amis et des badauds attirés par les prouesses insolites.

– Il faut le soigner ! prétend un colon en s'étirant pour mieux voir.

– Sûrement un futur rebelle ! lâche une vieille dame.

Le dernier mot offusque l'attroupement. Les colons se dispersent sans compassion pour le blessé. Ils craignent qu'on les accuse de complicité ou d'être des témoins non-collaborateurs. Un homme cependant, arborant une mine sévère et la combinaison noire de la police coloniale, l'aborde. Pixie se redresse avec difficulté. Il palpe son bras droit en grimaçant.

– Contrôle rétinien ! crache le policier sans vergogne.

L'agent tend devant lui un lecteur d'empreintes muni d'un écran sur le côté. Pixie hésite. Il finit par placer son œil devant le faisceau lumineux. Le dossier personnel du jeune colon apparaît sur le petit moniteur. Éberlué, le policier perd sa belle prestance.

– Comment ! On ne vous a pas encore reconduit chez le médecin ?

Le garçon apprend ainsi que son père lui a pris un rendez-vous sans l'avertir. Il s'étonne à son tour de constater que les agents de police n'ont pas réussi à le retracer plus tôt.

– Quelque chose cloche, c'est sûr, dit l'homme, embarrassé par l'inefficacité soudaine des traqueurs de sécurité.

Pixie accepte de le suivre jusqu'au bloc médical. À son arrivée, on le fait immédiatement passer dans le cabinet du médecin. Il s'allonge dans un fauteuil dont l'appuie-tête se termine lui aussi par un écran à cristaux. Le docteur Iso, un sexagénaire au sourcil hirsute, l'ausculte avec minutie. Il dicte ses commentaires au graveur de dossiers.

– Fonctions vitales normales. Pression artérielle un peu élevée. Excellente résistance musculaire. Ecchymose sur le bras droit. Rien de grave.

Le patient s'en réjouit, lui qui, le matin même, s'imaginait malade.

– Sortez le rapport quotidien, poursuit le médecin.

Dès la commande vocale enregistrée, les données défilent au-dessus de la tête de Pixie. Le médecin écarquille les yeux. Il sort de sa poche un objet métallique qu'il place derrière la nuque du garçon. Il tape à deux ou trois reprises dessus, comme s'il attendait quelque chose qui ne venait pas.

N'obtenant pas le signal désiré, il se lève d'un bond et sort de la pièce dans un état de surexcitation. Pixie l'entend alors murmurer à son assistante :

– Le capteur de sa PIP est brouillé. La puce ne reçoit plus nos messages neurologiques. Le jeune est en mode de déprogrammation prosociale !

– Mais c'est impossible, prononce la jeune femme d'une voix tremblante.

– D'après le rapport quotidien, il y a une forte probabilité de changement de paradigme. Mettez-le en code 87. Il faut procéder à l'intervention au plus tard demain. Sinon, je ne réponds pas de ses actes.

Pixie fronce les sourcils. Il s'avance légèrement sur le fauteuil puis se tourne vers le moniteur. Toutes les activités faites dans la journée y figurent dans les moindres détails. La mort de son Jama, l'altercation avec ses parents, les mauvaises prestations scolaires, le mensonge au sujet de sa sœur, les deux voyages consécutifs à bord de *Terræ*, la course en trottinette près du parc central et l'accident. On y mentionne même ce qu'il a mangé depuis le matin !

La PIP

L E LENDEMAIN, Pixie se réveille plus tôt que d'habitude. Sans doute à cause de la nervosité. Plusieurs rêves ont agité son sommeil. Il s'assoit dans son lit et regarde ses orteils se tortiller. Un sentiment insolite l'obnubile, se taille chaque jour une place plus profonde dans son cœur. Une sorte de confusion qui bouleverse tout ce qui était autrefois limpide. Le doute plane dans son esprit.

Il repense à la conversation du docteur Iso avec son assistante. Pourquoi tant d'énervement dans leur voix, tant de panique dans leurs gestes ? Comme si la colonie allait tout d'un coup basculer vers le chaos. Cependant, la présence du fameux rapport quotidien intrigue, tracasse davantage le garçon. D'une seule commande vocale, le médecin peut tout savoir. Les moindres vétilles, les petits mots ou gestes que l'on croit sans importance… Tout se trouve fiché, prêt pour l'analyse. Garde-t-on aussi en archives les rapports des journées, des mois précédents, l'ensemble de la vie des astrocitoyens ? C'est bien possible. Après tout, l'information stockée ne prend guère beaucoup de place. Et cette éventualité fait frémir Pixie d'horreur. L'intimité n'existe pas.

Au même moment, Cookie, la sœur de Pixie, sort du cube sanitaire. Elle lui décoche une œillade réprobatrice.

– Debout, fainéant ! Arrête de traînasser.

Le ton glacial de l'adolescente surprend le garçon.

– J'ai congé aujourd'hui, répond-il. Tu le sais bien.

Cookie hausse les épaules. Elle passe du côté de son lit. Tandis qu'elle s'habille, elle garde la tête bien en vue, au bout de la cloison.

– Ce n'est pas une raison pour ne rien faire de la journée. Remue-toi un peu. Sois productif.

Confiné aux murs de l'unité familiale jusqu'à l'heure de la chirurgie, Pixie se demande en effet comment passer le temps. Mais la réactivation de sa PIP, la puce d'identification personnelle que tous les astrocitoyens portent cachée sous la peau, l'inquiète. L'opération le rend nerveux. Même si l'implant permet de retrouver physiquement les individus – surtout les criminels –, le jeune colon ne désire pas du tout se soumettre à l'intervention.

– Est-ce que ça fait mal ? demande-t-il à Cookie avant qu'elle se rende à ses cours. Je veux dire... l'implantation.

Sa sœur le considère un instant. Elle perd aussitôt son air arrogant, se fait presque rassurante.

– Ne t'en fais donc pas, Pixie. On implante les PIP quelques jours seulement après la naissance, lors de la cérémonie des Présentations. C'est une intervention de routine, banale, totalement indolore. Et surtout, c'est pour la bonne cause.

Après un sourire amical, Cookie se retire. Pixie, toujours au lit, se pose de plus en plus de questions. Que signifie *la cause* et pour qui est-elle bonne ? Lui ou les autres ?

À son tour, il sort de la chambre pour aller manger en compagnie de ses parents. Encore une fois, il n'échappe pas à leur salut mécanique et artificiel. Contrairement aux autres jours, il ne réussit pas à camoufler son mépris. Sa mère redresse le buste avec indignation.

– Voilà comment notre fils nous traite ! Pas surprenant que son Jama ait dépéri.

Pixie soupire de lassitude. Va-t-on lui reprocher encore longtemps ce triste épisode ?

– Ce n'est qu'un jouet, maman.

Le couteau tombe de la main de la femme. Tout son corps s'affaisse contre le dossier de la chaise. Elle regarde son époux en secouant la tête. Dépassée par la situation, elle a du mal à parler sans que sa voix chevrote.

– Les automates servent à renforcer les aptitudes sociales. Ils enseignent la responsabilisation. Ils ne sont pas que ludiques. Voilà la raison d'être de la cérémonie de l'Engagement. Aurais-tu déjà oublié tes promesses ?

– Ta mère a raison, Pixie. Tu dois apprendre à répondre de tes actes. Comme n'importe quel autre citoyen du Système solaire. Le mensonge ne règle aucun problème. Pas plus que les cachotteries.

Ces derniers mots rappellent au garçon ce qu'il a raconté la veille à ses amis pour justifier l'absence de son chien de compagnie.

– Tout finit un jour par se découvrir, enchaîne son père. Alors mieux vaut opter pour la vérité. Cette qualité constitue la base d'une société libre et démocratique.

Pixie trouve cependant que le discours paternel, calqué sur les manuels partisans de l'Union, sonne faux.

– Oui, c'est vrai, laisse-t-il tomber avec une certaine rage. Tout finit par se savoir. L'Union possède les rapports quotidiens de tous les colons. Le moindre de nos gestes est consigné. C'est effrayant !

– Effrayant ? souffle son père, interdit. Tu devrais plutôt dire rassurant ! La transparence de notre civilisation calme les esprits. Si quelqu'un a quelque chose à cacher, c'est qu'il a quelque chose à se reprocher. Il s'agit ici de se prémunir contre les mauvaises intentions, la poursuite des intérêts personnels. Dans un monde aussi vaste que le nôtre, notre sécurité en dépend. Le chaos commence toujours ainsi. Et se termine par la guerre !

Aux yeux de Pixie, le dernier mot, prononcé avec emphase, semble exagéré. Sa mère secoue à nouveau la tête.

– Que j'ai hâte qu'il redevienne comme avant !

– Avant quoi ? s'enquiert Pixie.

Ses parents sortent de table avec impatience.

– Il est vraiment temps que ça change ! murmurent-ils, excédés.

Comprenant qu'il ne sert à rien d'argumenter, Pixie regagne sa chambre. Là, il décide d'évacuer sa frustration et d'oublier l'attente par une séance d'entraînement. Il ouvre un des panneaux modulaires du mur qui abrite une étroite salle de rangement utilitaire. Un tapis déroule d'un côté puis un vélo stationnaire glisse de l'autre, occupant du coup l'aire vacante de la chambre triangulaire. Le garçon active la fonction *paysage* du premier appareil. Un hologramme lui présente la vue d'un lac. Nostalgique, il se met alors à courir sur le tapis. Les appareils d'entraînement personnel, fournis avec chaque unité d'habitation, ne rivalisent en rien avec la haute technologie des environnements virtuels des jeux d'arcade.

Le jeune colon finit par se lasser du lac immobile, de son eau qui masque à peine la décoration minimaliste de la pièce. Il saute sur le vélo et allume le moniteur fixé au guidon. Il se connecte ensuite au réseau de nouvelles intercoloniales, la seule chaîne disponible dans les chambres pendant le jour.

La lectrice de nouvelles aux cheveux bleus ne lui apprend rien de plus que ce qu'il sait déjà. Chaque jour, l'astrogouvernement œuvre pour l'amélioration des conditions de vie des habitants du Système solaire et tente de démanteler le réseau de rebelles. La femme recommande de rapporter tout manquement à la discipline, à la routine. Tout suspect doit être contrôlé. Les primes offertes aux délateurs deviennent de plus en plus alléchantes. Pourtant, malgré les dénonciations, le noyau dur de la rébellion demeure inatteignable.

« On soupçonne désormais les adeptes, déclare-t-elle, de simuler les principes chers à l'Union pour mieux abuser de la confiance des citoyens et attaquer l'astrogouvernement. »

Pixie ne sait quoi penser. De jour en jour, il n'arrive plus à apprécier l'uniformité des croyances ni la façon de vivre de sa société sous cloche. D'une personne à l'autre, le discours ne change jamais. Lui, il aimerait un peu de nouveauté, de surprise.

Est-il le seul à penser ainsi ? Est-il en train de devenir peu à peu un… rebelle ?

Le garçon arrête aussitôt de pédaler. Ses yeux papillotent un instant. Lui, un rebelle ? Depuis un mois environ, il a maille à partir avec les membres de son entourage. Leurs faits et gestes l'agacent. Il ne se prive plus pour les critiquer. Cela ne l'empêche toutefois pas de les aimer même s'il ne comprend pas toujours leurs motivations. Pourquoi s'entêtent-ils à le ridiculiser, à lui montrer qu'il fait fausse route ?

« Si j'étais vraiment un rebelle, murmure-t-il en se remettant à pédaler, on m'aurait déjà dénoncé. »

Il consulte la banque de pièces musicales disponibles. Il en syntonise une d'un groupe originaire de la station spatiale Artistella afin de rythmer chaque coup de pédale. Les premières mesures de la musique atonique résonnent, couvrent la voix de la lectrice de nouvelles. Le regard de Pixie se détache des images du moniteur. Son esprit vagabonde puis se fixe de nouveau sur la question des rebelles. Où conduit-on les suspects ? Comment les ramène-t-on à des intentions plus pacifiques, plus socialement acceptables ? Se rendent-ils immédiatement sur *Terminus*?

Pixie stoppe la bande musicale. Suite à ses comportements étranges, son père l'a bel et bien dénoncé, d'une certaine manière. Il lui a pris un rendez-vous chez le médecin, où les policiers coloniaux ont eu pour mission de le reconduire. Quelle est la suite, maintenant ? Il attend sagement dans sa chambre l'heure de l'intervention qui va rétablir le signal interrompu de sa PIP. La PIP…

Cette fois, Pixie met pied à terre. Il fait disparaître derrière les panneaux amovibles du mur les appareils d'entraînement. En faisant son lit, il dégage son bureau pour interroger le contenu de l'encyclopédie académique branchée sur le plateau.

« PIP : n.f. Acronyme signifiant *Puce d'Identification Personnelle.* Implant électronique sous-cutané, d'abord employé chez les animaux biologiques, à la fin du XXe siècle, afin de procéder à l'identification et au repérage des bêtes domestiques et sauvages. Le procédé a ensuite été testé puis utilisé avec succès sur les humains, au début de la colonisation spatiale, en poursuivant, dans une première étape, des objectifs de sécurité civile. Voir l'onglet *Identification et arrestation des criminels.* Plus tard, dans le premier tiers du XXIe siècle, les docteurs en médecine ont amélioré les capacités de la PIP en la dotant d'une particule cellulaire. Cette biotechnologie permet désormais de détecter les éventuelles infections virales latentes susceptibles d'affaiblir le système immunitaire des astrocitoyens qui vivent en atmosphère de composition. Le principal objectif poursuivi par cette seconde étape consiste à prévenir les contagions et les épidémies. Le bloc médical capte alors les ondes des symptômes précodés se manifestant chez les individus infectés. Troisième étape : Accès protégé. »

Pixie appuie sur d'autres touches, modifie les mots-clés de sa recherche, furète dans divers manuels électroniques, mais il obtient toujours le même résultat. L'accès à la troisième phase d'utilisation et de développement de la PIP demeure continuellement protégé.

En se rappelant sa visite chez le docteur Iso, les mots du médecin se mettent tout à coup à virevolter dans son esprit en ébullition. Une fois de plus, il fait quelques recherches. Il ne trouve rien au sujet d'une soi-disant déprogrammation prosociale. Il tombe toutefois sur un court texte, tiré du manuel des statuts et règlements de l'Union. L'extrait pique sa curiosité au plus haut point.

> … Sur le plan de la sécurité et du maintien de l'ordre, les colonies ainsi que les stations spatiales doivent mettre en place un mode d'uniformisation des valeurs prosociales et des comporte-ments sous-jacents. Toutes les sphères de la vie spatiale doivent s'inspirer de la programmation afin de tendre vers un objectif de *Qualité Totale*…

Pixie tique. Il y a fort à parier que la troisième étape d'exploitation de la PIP corresponde justement à cette fameuse ambition de modeler les êtres selon une ligne maîtresse de conduite. Lors de cette étape, il y a sans doute émission, au moment opportun, d'un signal neurologique capté par la PIP, comme le disait le docteur Iso. En assemblant les dossiers scolaire, familial, bancaire, médical, policier et professionnel des citoyens, l'astrogouvernement peut intervenir en tout temps pour apporter le correctif nécessaire. L'Union peut ainsi obtenir de chacun un portrait précis pour ensuite contrôler à sa guise l'ensemble des colons. Il n'a alors qu'à leur imposer son propre paradigme, sa vision et sa compréhension du monde et des choses !

Le garçon n'en revient pas de ce qu'il constate. Tout le Système solaire se compare donc ni plus ni moins à des cerveaux d'androïdes logeant dans des corps d'humains ! Il faut réveiller les colons, les ramener à la libre-pensée, leur montrer le visage totalitaire qui se cache derrière le masque bienveillant de l'Union !

Pixie s'apprête à ouvrir la porte de sa chambre lorsque des voix surgissent du salon. Il colle son oreille contre la cloison peu épaisse. Sa mère, absente du travail pour le surveiller, s'entretient de toute évidence avec un représentant du bloc médical.

— N'y a-t-il pas une façon de devancer l'intervention ? Mon époux et moi ne tiendrons pas une journée de plus. L'atmosphère est devenue insupportable. Il argumente le moindre de nos propos.

— Je vais voir ce que nous pouvons faire.

— Est-ce que… semble hésiter sa mère. Nous caressons le projet de nous installer sur Mars. Nous ne voudrions pas que cet incident ternisse la qualité de notre dossier. Ou en retarde le traitement.

– Ne vous en faites pas. Vous êtes d'excellents colons. Vous le prouvez chaque jour. Votre journée d'absence sera largement compensée. Je me permets même de vous annoncer que votre candidature a été retenue. Nous envisageons également la possibilité de vous octroyer des vacances d'ici deux ans.

Pixie entend sa mère s'exclamer de joie. Au bout d'un moment, il perçoit le glissement de la porte d'entrée de l'unité d'habitation.

– Il va redevenir comme avant, n'est-ce pas ? s'inquiète une fois de plus la mère.

– N'ayez aucune crainte. Dès qu'on lui remplacera sa PIP, tout rentrera dans l'ordre. Pixie sera aussi docile qu'un agneau. Il redeviendra un bon fils et un bon élève. Vous avez pris la meilleure décision. Si vous le souhaitez, nous pouvons aussi en profiter pour tester la PIP des membres de votre famille.

– Ce serait fantastique, docteur. Nous ne désirons pas faire face à d'autres dérèglements de ce genre. Merci pour tout.

– Au revoir.

La porte de l'unité se referme. Médusé, Pixie s'adosse au mur. Quelle abomination ! Sa mère est au courant de tout. Pis encore, elle réclame pour lui l'état d'esclavage intellectuel dans lequel elle se complaît. Tous les colons se soumettent eux aussi de bonne grâce. Tout cela pour une question de sécurité !

Mais si l'ensemble des astrocitoyens du Système solaire accepte volontairement le carcan, Pixie, lui, s'y refuse. Il ne veut pas qu'on le compare à un agneau. Il est hors de question qu'on lui remplace sa PIP. Il doit absolument trouver le moyen d'échapper à cette ignoble intervention chirurgicale.

Le garçon réfléchit aussi vite qu'il le peut. Tromper la surveillance de sa mère lui apparaît comme une première étape à franchir. Cependant, à longue échéance, sa fuite va se compliquer, car il ne pourra plus utiliser les accès auxquels ses empreintes lui donnent droit. Comment faire pour manger ou quitter la colonie en navette ? Les périmètres de sécurité seraient renforcés. Déjà, sans avoir posé aucun geste, il a la conviction que la seule solution consiste à gagner les rangs rebelles. Sauf qu'il n'a aucune idée de leur réelle identité ni du lieu de leur refuge.

Pixie décide néanmoins de tenter le tout pour le tout. Pour se donner un peu de courage, il prend une profonde inspiration. Il quitte sa chambre et va retrouver sa mère, qui s'apprête à réhydrater deux rations de nourriture pour le dîner.

– Il y a si longtemps que nous n'avons pas été tous les deux seuls, dit le garçon d'une voix hésitante. Tu devais rester avec moi quand j'étais bébé. Mais je ne m'en souviens pas beaucoup.

Sa mère se racle la gorge. Ses prunelles s'embrouillent de nostalgie.

– Il y a longtemps, c'est vrai.

Pixie l'aide à mettre les couverts. Il lui prend ensuite la main tout en déposant la tête contre son épaule.

– Qu'est-ce que nous faisions pendant que papa travaillait et que Cookie allait à l'école ?

Une larme pique l'œil de sa mère. Elle tourne son visage vers le sien et lui sourit. Pour la première fois depuis des années, la femme ne se réfugie pas derrière des réponses d'androïde faites sur mesure. Du coup, elle semble vraiment humaine. Et attachante.

– Tous les jours, souffle-t-elle d'une voix douce, nous sortions. Nous allions voir des amis, eux aussi en congé. Nous nous baignions au centre aquatique, nous faisions de longues promenades au parc central. Tu as fait tes premiers pas là-bas, Pixie. Sous le grand dôme.

– Sous le dôme ? répète le garçon, intrigué. Là d'où l'on voit la Terre ?

– Oui. Les passants applaudissaient, t'encourageaient. Tu étais si beau, si fier. Tu marchais déjà comme un petit homme, la tête relevée vers le ciel…

Pixie sourit. La tête relevée vers le ciel, vers la planète bleue. Depuis sa plus tendre enfance, la lointaine contrée de ses ancêtres l'appelle, le magnétise. L'idée de s'être enfin mis debout pour tenter de cueillir l'énorme sphère lui plaît.

Ils s'assoient à la table et commencent à manger.

– Nous connaissons ton rêve de retourner sur la Terre, déclare soudain sa mère. Finalement, je crois que ce sera possible dans deux ans.

– C'est fantastique ! Merci maman ! Merci !

Il lui donne un rapide baiser sur la joue. Pour toute réponse, elle se détourne un peu afin de mieux cacher l'émotion qui la gagne.

– Tu sais quoi maman ?

Elle se contente de hocher la tête.

– J'aimerais beaucoup que nous retournions au parc, toi et moi. Comme avant. Tu veux bien ?

La mère de Pixie hésite. Une envie irrésistible de flâner dans les allées du parc s'empare d'elle en même temps que se ravive son devoir d'encadrer étroitement son fils pour la journée. Mais l'un n'empêche pas l'autre. Après le repas, ils quittent l'unité d'habitation.

Bras dessus, bras dessous, ils sillonnent les couloirs de la zone résidentielle qui donnent naissance à de larges boulevards où piétons, trottinettes à piles et mini-jeeps électriques se partagent la voie. Ils débouchent sur le secteur commercial. Les néons multicolores scintillent de façon racoleuse. Des panneaux publicitaires annoncent différents produits domestiques. D'autres étalent des slogans unionistes. Ils y croisent quelques amis avec qui ils discutent un moment. Comme Pixie sent que sa mère reprend vite son langage et ses habitudes d'automate, il la pousse en douceur vers le parc central. Ils s'installent sur un banc. Le garçon se presse contre sa mère, comme il devait le faire étant petit.

– C'est ici, dit-elle en faisant allusion aux premiers pas de son fils.

Pixie se remet sur pied, marche un peu. Immensément bleue dans la nuit noire et glaciale, la Terre se berce au-dessus des quatre galeries de la colonie. Il soupire. Deux années à attendre, à jouer le jeu de la docilité. Avec la nouvelle PIP, les médecins en profiteront sans doute pour lui faire une petite révision mémorielle. Cette mise au point permet aux victimes d'agression ou d'accident d'occulter leur traumatisme pour ne pas affecter leur rendement personnel. Mais on s'en sert surtout pour empêcher les délinquants et les rebelles de récidiver. Peut-être le garçon oubliera-t-il alors les longueurs de la vie. Peut-être oubliera-t-il tout. Peut-être abusera-t-on de la situation pour lui donner une autre personnalité. À cette pensée, un frisson parcourt son échine. Son regard se pose sur les jeux d'arcade, au-delà du parc, de l'autre côté d'une des artères principales d'Upsilon.

Il avise sa mère d'un bref coup d'œil puis se tourne vers l'horloge qui trône à un bout de l'espace vert. Il hoche la tête imperceptiblement. Quelques secondes plus tard, la masse de colons revenant de la zone ouvrière ou des classes accourt de toutes parts. Pixie aperçoit les élèves émerger du secteur académique. Le moment d'agir est venu.

— Oh, c'est Zaza ! lance-t-il à sa mère. Je peux aller lui parler, quelques minutes ?

La femme redresse le buste.

— D'accord. J'y vais avec toi.

— Parfait ! s'écrie Pixie sans pour autant se dépiter. Je vais te montrer le nouveau jeu.

Il la tire par le bras et ils s'engouffrent dans la cohue pressée. Ils cheminent à contre courant, s'efforcent de remonter la vague humaine jusque devant le complexe récréatif tant prisé par les jeunes sélènes. Ils se font un peu bousculer. Pixie retire sa main de celle de sa mère.

Aussitôt, la femme s'immobilise, fronce les sourcils. Elle rive son regard sur le dos de son fils qui pénètre l'aire de jeux de l'arcade. Elle soupire d'aise. D'un coup de tête, elle refoule la vilaine idée qui vient de traverser son esprit. Son fils, malgré sa PIP défectueuse, ne peut tout de même pas lui fausser compagnie !

Elle s'élance derrière le garçon. Parmi les appareils ludiques et les jeunes amateurs de sensations virtuelles, elle le perd toutefois de vue. Elle pivote sur elle-même sans retrouver la trace de son fils. Elle inspecte les lieux, fouille une à une les cabines de jeux puis se dirige vers celle de *Terræ*. Elle ouvre la porte d'un mouvement brusque. Personne ! Les jambes vacillantes, elle arpente les allées avec incrédulité.

On la remarque à peine. Personne ne se doute du drame qui se joue. Des larmes inondent ses prunelles bleu acier. Sa lèvre tremble. Sa pire phobie, mais aussi celle de toute une civilisation, est en train de se concrétiser : un colon, son fils de surcroît, lui a fait faux bond !

La fuite

AVANT de se mêler à la foule, Pixie jette un dernier coup d'œil aux jeux d'arcade. Debout au milieu des appareils de divertissement virtuel, sa mère semble perdue, atterrée. La bouche de la femme s'ouvre pour mimer le prénom de son fils. Comme il y a si peu d'entorses ou d'imprévus à la routine de la vie coloniale, personne ne porte attention à son désarroi. On oublie que l'impossible peut survenir. En cette fin de journée, le retour à l'unité d'habitation représente l'unique préoccupation des travailleurs sélènes.

Le garçon la contemple avec douleur. Il devine sa détresse, sa colère aussi. Il pressent qu'elle lui en veut déjà, qu'elle le tiendra bientôt responsable de tous les échecs familiaux. On montrera du doigt ses parents. On les accusera sans doute d'incompétence. Et Cookie va à coup sûr subir toute une panoplie de tests pour vérifier l'efficacité de sa PIP. On voudra s'assurer qu'elle ne suive pas les traces de son frère cadet. Les contrôles de sécurité se refermeront davantage sur eux et sur la colonie. Peut-être même sur tout le Système solaire.

Le fuyard comprend qu'en défiant les règles établies par l'Union, il vient d'enclencher le resserrement inexorable de l'étau unioniste. Tout risque de devenir encore bien pire. Sa fuite, tout d'un coup, va justifier les abus de pouvoir à venir.

Pixie hésite pendant une longue seconde. Son individualisme va-t-il plonger l'ensemble des colons dans le chaos ? Sans plus réfléchir, il fonce droit devant. Il ne doit pas reculer. Il ne souhaite plus être la copie conforme des autres. Plus jamais.

La foule ralentit bientôt le pas. Le tumulte de fin de journée se calme. La clameur enthousiaste devient un murmure inquiet. La stupéfaction se lit sur les traits de certains. L'inattendu se produit, rompt la routine si bien ancrée. Des policiers coloniaux arrêtent au passage des jeunes afin de vérifier leur identité.

– Pourquoi ce remue-ménage ? demandent plusieurs parents.

– Si vous cherchez quelqu'un, pourquoi n'utilisez-vous pas les traqueurs de PIP ? s'enquièrent d'autres, soucieux de voir les enfants bousculés.

À la surprise générale, les policiers ne répondent rien hormis quelques bafouillages qui alarment davantage la population.

Pixie passe tout près d'eux. Il met sa main en visière pour cacher son visage. Ne sachant où aller, il revient sur ses pas. Comme il s'assoit au parc central, un vieil homme au regard brillant avance dans sa direction. Il s'installe à ses côtés.

– Dis-moi mon garçon, comment te prénommes-tu ?

Le fugitif se crispe. Il glisse légèrement sur le banc, paré à un départ en flèche. Le vieillard adresse un sourire à la Terre.

– Je suis né là-bas, tu sais… Dans ce que nous appelons aujourd'hui le Tiers-Univers…

Intrigué, Pixie le considère soudain d'un autre œil. Il l'examine avec attention. L'homme porte la combinaison verte du personnel d'entretien. Des morceaux de toile rapiécée ornent les genoux et les coudes. Des mèches de sa chevelure grisonnante s'échappent de sa casquette. Sa peau paraît hâlée par le soleil, comme celle des vacanciers séjournant dans les zones protégées de villégiature de la planète bleue.

– Ah la Terre ! poursuit l'inconnu. Elle me manque tellement. Je ne suis pas le seul. Quand nous vivions là-bas, nous rêvions d'être ici. Et depuis que nous sommes ici… Malgré tous nos efforts, nous ne nous sentirons jamais chez nous ailleurs. Il nous manquera toujours ce petit quelque chose…

Il lance une œillade mystérieuse au garçon avant d'ajouter :

– Pour certains, il s'agit seulement de la liberté de l'air pur. Tandis que pour d'autres, cela tient du désir de redevenir un enfant et de se laisser endormir dans le berceau de l'humanité…

Le jeune fugitif approuve. L'homme exhibe alors un doigt devant le nez du garçon.

– Ne laisse jamais quiconque penser à ta place, petit.

La remarque prend Pixie au dépourvu. Qui est donc cet homme qui lit en lui aussi aisément ? Le garçon a beau connaître presque tous les visages des habitants de la colonie Upsilon, jamais il n'a vu cet homme auparavant. Aussi se persuade-t-il que le vieillard connaît son projet de fuite. Pourtant, celui-ci ne semble pas vouloir le dénoncer. Fait-il partie des rangs rebelles ? Pixie désire en savoir davantage mais l'homme se remet tranquillement debout. Il rajuste sa combinaison de ses mains piquées de taches de son, puis se perd dans la foule. Il disparaît non loin de la zone résidentielle. Comme l'heure du repas va bientôt sonner, le fugitif décide de ne pas rester plus longtemps à découvert.

Au même moment, l'écran géant du parc central entame les nouvelles de début de soirée. En manchette, avant d'aborder les questions d'intérêt intercolonial, on y présente un bulletin spécial. Le ton catastrophé de l'annonceur tétanise toutes les personnes flânant encore près du parc.

« Nous venons d'apprendre qu'un jeune garçon de la colonie lunaire Upsilon, âgé de dix ans à peine, est porté disparu. Le garçon reste introuvable en raison du dysfonctionnement de sa puce d'identification personnelle. Selon les autorités locales, l'enfant se serait sciemment soustrait à une intervention de routine. »

Pixie s'abrite derrière un arbre lorsque sa photographie numérique s'affiche sur toute la partie droite de l'écran géant. À côté, le docteur Iso témoigne de son expertise.

« Pixie souffre d'un trouble affectant sa personnalité sociale, mieux connu sous le nom de Paradigme 87. Ses comportements traduisent une volonté de défier l'autorité ainsi que les règles établies. Sa façon de voir les choses ne correspond pas du tout à la réalité. De fausses croyances alimentent son raisonnement. Nous pensons qu'il pourrait très bien tenter de corrompre ou de contaminer d'autres enfants de son âge, s'il y avait contact. »

L'embarras envahit le grand dôme. La respiration de Pixie s'entrecoupe de hoquets. Sa mère, en larmes, succède au médecin. Elle est accompagnée du chef Coupefeu de la police coloniale. Celui-ci enlève son képi noir pour s'adresser aux astrocitoyens à l'antenne.

« Je n'ai jamais rien vu d'aussi odieux de toute ma vie, soutient-il d'une voix bourrue. L'enfant a manipulé sa mère en jouant sur ses sentiments. Il l'a bernée. Nous avons de fortes raisons de croire que les rebelles endoctrinent maintenant de

jeunes adeptes. Nous enjoignons la population à se montrer vigilante. Il faut retrouver l'enfant à tout prix. Notre sécurité en
dépend ! Je répète : la sécurité de tous en
dépend ! »

L'annonceur reprend l'antenne et continue de cracher ses énormités. La foule
rassemblée pour écouter les nouvelles
vacille de détresse. La mère de Pixie, toujours à l'écran, arbore des yeux rougis par
la crainte et la honte. Le garçon s'en veut
de la projeter malgré elle devant les cri-
tiques faciles qui l'accusent déjà de manquement à son devoir. Cependant, Pixie
sait désormais qui elle est vraiment. Car il
a pu voir, l'espace d'un bref instant, son
visage au-delà du masque trompeur des
membres de l'Union.

Dégoûté par l'ampleur démesurée de
la situation, Pixie quitte les lieux. Il traverse, menton replié sur sa poitrine, le
parc. Il se réfugie au complexe récréatif.
L'arcade plutôt déserte offre une multitude de cabines vides, idéales pour la cachette. Il décide d'y passer la nuit, pour
autant qu'on ne les inspecte pas à la fer-
meture. Il s'approche de l'appareil *Terræ*
quand deux élèves de sa classe surgissent
devant lui. Le fugitif retient son souffle.

– Salut Pixie ! font les deux garçons, tout sourire.

Pixie les considère un à un. Il se demande si ses copains feignent de connaître l'état d'alerte dans le seul but de mettre la main sur la prime et d'obtenir les honneurs. Par précaution, il recule d'un pas tout en lorgnant du côté de la sortie.

– Alors tout s'est bien passé chez le médecin ?

Pixie se mord la lèvre. Il ne sait pas quoi répondre. Mais plus il hésite, plus il risque de récolter une mauvaise note, comme à l'école. Ses amis ne doivent surtout rien soupçonner.

– Oh oui ! Il m'a même remis une friandise, invente-t-il.

– Quelle saveur ?

– Framboise, répond spontanément Pixie.

– Wow ! s'exclame l'un d'eux. J'ai hâte d'y aller, moi aussi. Mon rendez-vous est fixé dans trois mois.

Pixie constate avec lassitude à quel point la docilité et la naïveté marquent leur personnalité. Dire qu'il agirait lui-même de la sorte si le signal de sa PIP n'était pas brouillé. Il ne montre cependant rien de ses nouveaux sentiments. Il s'entretient avec eux des cours de la journée. Ses compagnons lui remettent d'ailleurs un calepin portatif gardant en mémoire les tâches académiques à accomplir pour le lendemain.

Pixie se laisse emporter par leur babillage innocent. Il les envie presque. Ils semblent si heureux, si insouciants, si dénués de problèmes majeurs. Ils ne se préoccupent pas de leur identité. Ils se sentent comblés par celle qu'on leur propose d'emblée. Ils vivent dans la quiétude du monde unioniste. Ils prennent plaisir à soigner leur image individuelle et, par le fait même, celle de l'astrogouvernement. Ils obéissent sans songer qu'il pourrait en aller autrement. Grâce à leur soumission, le système se révèle quasi parfait. Mais il arrive de temps à autre que des grains de sable coincent l'engrenage. Pixie est l'un de ces grains. Pour les députés unionistes, il représente le chaos en puissance.

Du coin de l'œil, le fuyard aperçoit le visage familier de Zaza qui se faufile entre les cabines de jeux virtuels. Elle approche d'un pas précipité.

– Vous ne devinerez jamais ce qui se…

Elle s'interrompt aussitôt en découvrant Pixie. Le visage de la jeune fille se durcit. Ses lèvres dessinent un étrange ric-tus. De toute évidence, elle est au courant. Le fugitif fait un autre pas en arrière.

– Pixie ! s'écrie-t-elle d'un air fausse-ment enjoué. Mais que fais-tu ici ?

– Je me promène un peu, avant d'aller manger.

Zaza esquisse un sourire de complai-sance puis s'adresse aux deux autres garçons.

– Vous avez capté les dernières nou-velles ?

Ils secouent la tête. Pixie, lui, la toise d'un œil avisé. La fille soutient son regard. Le fugitif se dégage lentement du petit groupe.

– Je retourne chez moi, annonce-t-il. À demain.

– Allez, fait Zaza en lui prenant le bras, nous te raccompagnons. N'est-ce pas les gars ?

Ils trouvent étrange la proposition de la fille mais ne s'y opposent pas. Ils se met-tent à marcher. Pixie, toutefois, ne bronche pas malgré la légère bousculade de Zaza. Il la met au défi.

– Qu'attends-tu, Zaza ? Dis-leur.

– Nous dire quoi ? demandent leurs camarades de classe.

La jeune fille lâche soudain le bras de son ami. Elle se racle la gorge avant de déclarer d'un trait :

– C'est un rebelle ! Il faut le dénoncer aux policiers coloniaux !

– Tout de suite les grands mots, rétorque l'accusé avec un petit rire mesquin.

Tous se dévisagent avec perplexité. Plutôt que de s'offusquer, Pixie sourit, ce qui méduse davantage ses compagnons.

Les lumières de l'arcade ainsi que la musique d'ambiance s'éteignent. Pixie sort nonchalamment du complexe récréatif. Confuse, ne sachant plus trop quoi penser, Zaza lui emboîte le pas. Le fugitif la fixe droit dans les yeux.

– Si j'étais un vrai rebelle, je tenterais de fuir à l'heure qu'il est.

– Mais le bulletin spécial disait que… prononce-t-elle d'une petite voix.

– Ce que le bulletin n'a pas dit, Zaza, c'est que je désire vivre ma vie selon mes propres sentiments. Et non d'après ceux que nous impose l'astrogouvernement. Cela ne fait pas de moi un criminel. Je n'ai rien volé. Je n'ai tué personne.

Zaza sent alors déferler en elle une vague de compassion, d'admiration aussi. Comme si les paroles de Pixie trouvaient un écho au fond de son âme. Comme si quelqu'un se permettait enfin de dire haut et fort ce qu'il lui arrive parfois de penser, le soir avant de s'endormir. Leurs compagnons de classe, quant à eux, semblent balancer entre la bonne blague et le surréalisme choquant. Mais lorsqu'ils constatent que l'écran géant du parc central continue d'émettre un avis de recherche impliquant leur ami, ils perdent leur sang froid.

– C'est lui ! hurlent-ils en pointant un index accusateur en direction de Pixie. C'est lui ! Il est ici !

Pixie s'éloigne d'un pas leste. Il jette un coup d'œil par-dessus son épaule. Du bout du menton, Zaza l'enjoint d'aller plus vite. Ne se sentant désormais plus seul au monde, le garçon redouble ses énergies et fonce tête baissée. Il repousse les colons agglutinés sous l'écran du grand parc pour rejoindre les couloirs des unités d'habitation. Quelques mains s'abattent sur lui mais ne réussissent pas à le retenir. Derrière lui, la cohue des citoyens paniqués et des policiers alertés rugit, remplit le boulevard. Regagnant enfin l'aire de stationnement située près de chez lui, le fuyard saute sur sa patinette électrique afin d'accélérer sa fuite.

Il file dans les couloirs, surmonte les tapis roulants, zigzague entre les colons qui se pressent contre les murs en le voyant arriver à vive allure. Malgré une circulation dense, il dirige son engin vers la limite d'Upsilon. Il doit absolument atteindre la cellule coloniale suivante, G-19, reliée par un long couloir d'une centaine de kilomètres. On ne le connaît pas là-bas. De plus, les quais spatiaux de G-19 se trouvent au bout de l'aile frontalière.

Le bruit pénible d'une sirène lancinante éclate soudain à ses oreilles. Les policiers coloniaux, en plus grand nombre maintenant, le talonnent de près. Le garçon enfonce l'accélérateur. Il arrive bientôt à la limite de la colonie. Il aperçoit le corridor à voie double qui conduit à G-19. Il s'apprête à s'y engager lorsque l'énorme porte de sécurité de la frontière commence à s'abaisser. La circulation intercoloniale stoppe maladroitement. Les mini-jeeps manquent de s'emboutir. Pixie avise l'afficheur numérique de vitesse. Il ploie le haut du corps pour mieux fendre l'air mais la trottinette, comble de malheur, ralentit sa course au lieu de se précipiter en avant. Les piles perdent de plus en plus de leur puissance.

– Allez, allez ! encourage-t-il l'engin.
Ne me laisse pas tomber.

Une pétarade explose dans son dos.
Craignant que le fugitif passe au-delà de la
limite territoriale, les policiers le prennent
pour cible, à travers les colons qui s'extir-
pent de leur véhicule. Des fléchettes immobilisantes raflent ses oreilles pour s'en-
gouffrer dans le tunnel où le trafic
bouchonne. D'un coup d'œil, le garçon
jauge la situation. Les policiers gagnent
sans cesse du terrain. La frontière se
referme trop vite. Il n'arrivera pas à passer
dessous à temps.

Avec l'énergie du désespoir, Pixie bi-
furque brusquement à droite et pousse son
engin dans un couloir latéral. Surprises
par le mouvement inopiné, quelques pa-
trouilles de police vont buter contre la
paroi de la frontière, complètement refer-
mée, tandis que le fugitif saute à terre. Le
choc sourd du gigantesque verrou de sécurité qui s'enclenche automatiquement fait
vibrer le sol pendant un instant. Le jeune
sélène n'ose plus regarder en arrière. Il
abandonne sa patinette et poursuit sa
fugue en courant si vite qu'il sent battre
son cœur jusque dans les veines de ses
tempes. Il emprunte une rampe à sens

unique, grimpe un premier niveau puis un second.

Hors d'haleine, le garçon ralentit le pas pour reprendre son souffle. Une silhouette familière surgit soudain à la limite de son champ de vision. Il reconnaît le vieillard rencontré au parc qui lui fait de grands signes. Une fois de plus, Pixie s'élance, suivi de près par les véhicules des agents de la police coloniale. Arrivé à l'intersection d'un étroit couloir transversal, il s'arrête pile : l'ancien habitant de la Terre a disparu !

À la place, un colon chétif, aussi vêtu de l'uniforme vert du personnel d'entretien, sort tranquillement d'une voie à accès restreint. Le jeune se précipite alors sur lui. Il le renverse afin de retenir de la main la porte qui glisse et condamne l'issue. À nouveau, il arrive trop tard. Tout penaud, il se met à trembler. Il ne sait plus quoi faire. De chaque côté, il entend le pas cadencé des policiers qui, ayant quitté leurs mini-jeeps, approchent en formation. La larme à l'œil, la lèvre tendue par la frustration, le garçon baisse la tête vers l'homme à la combinaison verte. Il l'aide à se remettre debout. D'un mouvement rapide, il le retourne face au mur.

– Mais que se passe-t-il ? réclame le molesté. Qui êtes-vous ?

Sur la paroi, près de la porte, un faisceau lumineux balaie l'air, cherche à atteindre l'iris d'un regard. Pixie lui tourne le dos et secoue l'employé de l'entretien qui ferme les yeux.

– Je vous en supplie, l'implore Pixie. J'ai besoin de votre empreinte rétinienne. Ouvrez un œil, n'importe lequel, mais ouvrez-le. Vite !

L'homme refuse d'obéir. Il plisse davantage les paupières.

De part et d'autre du couloir, l'escouade fait irruption puis s'immobilise. Le piège se referme. Les agents savourent déjà leur capture. Le chef Coupefeu, qui a parlé lors de la diffusion du bulletin de nouvelles électroniques de fin d'après-midi, s'adresse au fuyard sur un ton faussement amical :

– Allez, mon garçon. Relâche cet homme. Couche-toi par terre. C'est fini maintenant. Nous ne te voulons aucun mal. Ta mère t'attend…

Pixie ignore les paroles de l'homme. Le chef de police observe l'attitude du jeune qui ne bronche pas. N'appréciant pas qu'on méprise ses ordres, il lève le bras pour l'inciter à la raison. Aussitôt, un projectile tiré par un agent trop nerveux éclate, et fait sursauter tout le monde.

L'espace d'une fraction de seconde, la prunelle noire de l'employé d'entretien scintille devant le lecteur optique. La porte a à peine le temps de s'ouvrir au complet que Pixie s'engouffre dans les mystérieux conduits d'alimentation de la colonie Upsilon. Le garçon jette un bref coup d'œil alentour. La voie est libre. Il opte pour l'escalier de métal qu'il dévale en faisant glisser ses triceps sur les rampes. En bas, il prend la première direction qui se présente à lui. Au bout de quelques mètres, il saisit l'une des grilles qui recouvrent le sol, la relève et se cache dans l'entre-plancher. Après avoir refermé la grille sans bruit, il réussit à se retourner sur le ventre. Les coudes serrés, il avance en rampant.

Dès qu'il s'immobilise pour savourer l'instant de répit, les policiers coloniaux reviennent à la charge. Hors de lui, leur chef lance ses commandements à tue-tête. Il stoppe tout juste au-dessus de celui qu'il recherche. Pixie se fige, retient son souffle.

– Que disent les traqueurs de PIP, bon sang ?

– Rien, chef, répond un de ses hommes avec embarras. Nous n'avons toujours aucun signal.

Le chef tourne un instant en rond. Ses traits se durcissent. Une affreuse grimace l'enlaidit davantage. Il désigne quelques-uns de ses hommes.

– Vous cinq, vocifère Coupefeu, ratis-sez les trois niveaux souterrains menant aux quais spatiaux. L'enfant ne doit abso-lument pas quitter la colonie. Vous autres, surveillez les conduits près de la zone résidentielle. Il va peut-être essayer de contacter des amis ou des membres de sa famille. Et ne revenez pas les mains vides !

Les agents s'exécutent tandis que leur chef reprend de plus belle à l'intention de celui qui a tiré dans le couloir :

– Toi, reste ici ! J'ai deux mots à te dire !

Mais à la place, les deux mots se trans-forment en deux coups portés avec une telle violence que l'agent fléchit le genou. Sa main lâche le pistolet. L'arme percute la grille à un centimètre de la tête de Pixie. Le garçon laisse échapper, en même temps que l'agent semoncé, un petit cri de surprise.

Le chef de police fait un pas menaçant en direction de son subalterne. Celui-ci, sans le voir, baisse un peu plus la tête vers le fugitif.

– Je te tiens personnellement responsable de la fuite de ce jeune rebelle. Tu as tiré sans mon autorisation. Tu n'es pas digne de l'uniforme que tu portes. Servir les intérêts de l'astrogouvernement Union veut aussi dire garder son sang-froid en toutes circonstances. Tu es rétrogradé jusqu'à nouvel ordre. Avec perte de rémunération. Déguerpis !

Sans plus attendre, l'agent de police ramasse son arme. Il part sans lever le visage vers son chef qui, maintenant seul, balaie l'espace d'un regard perçant à la recherche du moindre indice. Il place son bracelet-montre devant son visage et appuie sur l'une des minuscules touches.

– Faites armer le système à infrarouge. Il n'y a pas une seconde à perdre. Les détecteurs de mouvement représentent notre seule chance de lui mettre la main au collet.

Avant de partir à son tour, sa langue expulse un jet de salive qui se fraie un chemin entre les barreaux de la grille pour atterrir à côté du visage affolé de Pixie.

La soute à déchets

L E BRUIT des pas du chef de la police coloniale diminue au fur et à mesure qu'il s'éloigne. Il emprunte l'escalier de métal qui s'ébranle un moment sous son poids. La porte de la voie à accès limité se referme. Les niveaux souterrains de la colonie lunaire Upsilon replongent dans un silence glacial.

Dans sa cachette, Pixie se tourne sur le dos. Du bout des doigts, il repousse la grille avec précaution. La maintenant à la verticale, il s'assoit, regarde dans toutes les directions. Autour de lui, des conduits d'alimentation en eau, électricité et oxygène serpentent pour créer un gigantesque labyrinthe aux allures chaotiques. Chaque allée se ressemble tant, que le garçon en a le vertige. Laquelle emprunter ?

Le temps presse. Le fugitif doit s'esquiver avant le retour des policiers. Surtout, il lui faut trouver un lieu sûr qui le protégera des contrôles de sécurité. Il sort en douce du conduit et referme la grille. À pas de loup, il chemine dans les sous-sols de la zone ouvrière. Il hâte le pas mais, à son insu, il revient à son point de départ. Il maugrée en apercevant la cage de l'escalier de métal par lequel le chef de police est reparti.

Tout à coup, un bruit de sirène fend l'air, criant l'état d'urgence. Des faisceaux lumineux zèbrent la pénombre. Le système à infrarouge est enclenché. Cédant à la panique, Pixie prend ses jambes à son cou. Il fonce dans la première allée sur la gauche et arrive près d'une trappe contre le mur.

Il tire de sa poche le calepin de devoirs portatif que lui ont remis ses compagnons de classe. La forme circulaire de l'utilitaire académique va lui servir de leurre. Il lance l'objet à bout de bras. Le calepin percute une gaine d'aération, ricoche ensuite sur une autre avant de rouler sur le sol. Tandis que les policiers coloniaux suivront la course de l'objet en mouvement, Pixie se trouvera ailleurs ! Il soulève la trappe pour ramper dans l'étroit conduit. Mais dès qu'il s'y allonge, la paroi inférieure se dérobe sous lui. Le garçon, précipité tête première vers l'inconnu, a du mal à réprimer un cri de détresse.

Au bout d'une interminable minute, ses mains heurtent une seconde trappe qui vole en éclats. Soudain, son corps quitte le tunnel vertigineux pour flotter dans les airs. Ahuri, Pixie s'aperçoit qu'il plonge tout droit au cœur de l'une des immenses soutes à déchets recyclables de la colonie. Peu rassuré, il ferme les yeux en appréhendant le choc de sa chute qui survient trop rapidement.

Il sent presque tous ses os se broyer au contact brutal. La multitude d'objets hétéroclites mis hors service dégringole avec lui. Son crâne lui fait atrocement mal. Après quelques gémissements, le jeune colon relève le menton. Malgré la semi-obscurité, il distingue, cinq ou six mètres plus haut, l'ouverture béante par laquelle il est arrivé. Quatre autres puits, beaucoup plus larges mais dont l'écoutille est verrouillée, ornent le haut de la soute. Autour du garçon, les détritus s'empilent en tas difformes au centre de l'énorme débarras.

Pixie soupire. Du sang s'écoule d'une blessure mineure, macule le tissu de sa combinaison déchirée. Il arrache son brassard orangé qu'il enroule autour de sa cuisse en guise de pansement. Il tâte ses membres. Tout va bien. Il n'a rien de cassé et semble sauf pour le moment. En s'appuyant sur les objets de plastique, il se remet sur pied. Il explore la soute mais ne met la main sur rien d'intéressant. Que des trucs sans valeur, raison évidente de leur présence dans les bacs de recyclage.

Le garçon longe les murs. Rien non plus. Aucune issue hormis les quatre puits fermés. Peu à peu, ceux-ci vont s'ouvrir pour emplir la soute avec davantage de déchets. Le tas va monter et Pixie aussi. À moins qu'il ne soit enseveli vivant ! Qu'arrive-t-il lorsque la soute est pleine ? Comment la vide-t-on ?

Las et soudain résigné, le fugitif se laisse glisser contre le mur. Il replie ses genoux sur sa poitrine puis ferme les yeux. L'idée de ne pouvoir se tirer de ce mauvais pas le fait sangloter.

L'agréable sensation de légèreté se dissipe. Il devient plus lourd. Il a maintenant conscience de tous ses membres. Il bouge les doigts, les orteils. À travers le brouillard du sommeil, le visage souriant de sa mère émerge. Sa chevelure défaite cascade sur ses épaules. La lumière des néons forme un halo surnaturel autour de sa silhouette.

– Bon matin, Pixie.

Le garçon cligne des yeux. Il esquisse un début de grimace. Sa main frictionne son cou tenaillé par une douleur inconnue.

– Après le petit-déjeuner, nous irons au parc. D'accord ?

L'esprit encore confus, il acquiesce. Que s'est-il passé ? Des images vagues vont et viennent. Elles traversent sa tête comme des éclairs. Il ne se rappelle plus. Pourtant, il sait qu'il y avait quelque chose et qu'il l'a oublié.

Avec une tendresse infinie, sa mère le conduit jusque dans le cube sanitaire. La courte douche lui procure un certain bien-être. Ses muscles se délient, les couleurs revivent. Les souvenirs ne refont cependant pas surface. Comme s'ils avaient été effacés.

La femme l'aide à enfiler sa combinaison scolaire. Elle y épingle le brassard orangé des jeunes de l'élite académique. Ils s'apprêtent à quitter la chambre triangulaire lorsque Pixie entrevoit le reflet d'une ombre bizarre dans la glace. Il veut s'arrêter mais sa mère le pousse en avant.

– Qu'est-ce que c'est ?

– Ce n'est rien, Pixie.

Le garçon tente de revenir sur ses pas tandis que sa mère l'attire vers la porte.

– Non, pas maintenant ! affirme-t-elle d'une voix brutale.

– Mais qu'est-ce que c'est ? fait Pixie en pointant le miroir.

– Veuillez préciser les paramètres de votre question, je vous prie.

Pixie toise sa mère sans comprendre. Il ne reconnaît pas le timbre de sa voix qui se transforme de plus en plus.

– Mais qu'est-ce que c'est ?

– Veuillez préciser les paramètres de votre question, je vous prie.

D'un geste sec, il se dégage de l'étreinte forcée de sa mère et va se poster devant la glace. Pétrifié, Pixie se met à crier. Une monumentale puce électronique a pris la place de sa tête ! Des centaines de milliers de fils et de circuits multicolores recouvrent son visage. On l'a opéré ! Il est à nouveau prisonnier de l'astrogouvernement Union !

« Non ! crie-t-il une fois de plus en tentant d'enlever l'affreuse PIP. Non ! »

Pixie se réveille en sursaut. Malgré le torticolis qui tourmente les muscles de sa nuque, il se réjouit de retrouver ses esprits. Pourtant, sans posséder une nouvelle puce d'identification personnelle, il demeure toujours prisonnier de l'astrogouvernement. Désemparé, il ne peut s'empêcher de demander tout haut :

— Pourquoi tout cela m'arrive-t-il ?

— Veuillez préciser les paramètres de votre question, je vous prie.

Surpris par la voix qui résonne si près de lui, le garçon se lève d'un bond.

— Qui êtes-vous ? interroge Pixie en furetant dans tous les coins. Où êtes-vous ?

— Je suis Coach. Nous nous sommes déjà rencontrés. Je suis ici… près du gouffre.

Le fugitif se souvient alors du nano-ordinateur de première génération qu'il a condamné au recyclage, un mois auparavant, alors qu'il travaillait bénévolement au centre de tri. Tandis que Coach continue d'émettre des ondes sonores, Pixie dégage divers objets. Il découvre enfin le bracelet de plastique qu'il fixe à son poignet. Les cristaux du visage virtuel se sont davantage détériorés, probablement en percutant les autres déchets lors de sa chute dans la soute. Ses traits sont à peine visibles. Il a perdu sa bouche et un œil. Le garçon regarde le bout de plastique puis hausse les épaules.

– Au moins, je ne finirai pas tout seul !

– Moi non plus. Je commençais à trouver le temps long.

Pixie rit malgré lui. Il se rassoit sur un tas de babioles brisées et démodées. Aussitôt, il redevient sérieux. Ce qui l'attend l'obnubile au plus haut point.

– Je vais mourir, Coach. De faim, je crois.

– Peut-être pas, affirme la voix robotisée du bracelet. Cela dépend de ta position dans la soute.

– Qu'est-ce que tu veux dire ?

– Le premier jour de chaque mois, le gouffre sur lequel nous sommes assis s'ouvre et le broyeur à déchets s'active.

– Quoi ? s'éberlue Pixie. Je vais mourir écrasé ?

– Cela se peut, fait le nano-ordinateur d'un ton détaché. Aujourd'hui, c'est la dernière journée du mois.

L'annonce inattendue frappe Pixie de stupeur. Lui, si fatigué et affamé, doit à présent trouver une astuce pour échapper à cette effroyable perspective. Le souffle court, il tourne en rond. Il examine d'un œil avide ce qui l'entoure.

— Moi, observe Coach, je serai recyclé. Je loue les vertus de la récupération. Ce sera une deuxième vie. Je deviendrai plus efficace, plus performant, quoique mes nouveaux circuits mémoriels ne me permettront pas de comparer ni d'apprécier. Mais pour toi, humain, la mort est tout autre. Pour sortir d'ici, il te faut établir différentes actions concrètes qui te conduiront vers la réalisation de ton objectif ultime.

Pixie approuve en silence. Il ferme les yeux pour mieux réfléchir. En moins de deux, il imagine une stratégie fort simple bien que périlleuse : créer un échafaudage de déchets jusqu'à l'un des puits, attendre l'ouverture des écoutilles, s'introduire à l'intérieur du puits et, avec beaucoup de chance, remonter jusqu'au centre de tri.

Comme il faut poser à Coach des questions d'une précision inouïe, le garçon lui demande avec une pointe d'agitation :

— Peux-tu accéder au plan des niveaux souterrains de la zone ouvrière de la colonie lunaire Upsilon ?

— Oui. Je vois la soute ainsi que les puits d'évacuation des déchets.

– Y a-t-il une échelle fixée à la paroi des puits ?

– Oui. Elle sert à l'entretien des conduits.

– Génial ! s'exclame le fugitif.

Sans perdre une seconde, le garçon commence à préparer les bases de l'amoncellement qui le mènera tout en haut.

– Quand se fera la prochaine ouverture des sas d'évacuation ?

– Tous les jours, on jette quelques dizaines de kilogrammes de matières à récupérer.

– Avant ou après l'activation du broyeur ?

– Toujours avant, soutient Coach.

Pixie respire un peu mieux. Il continue d'amasser les objets. Peu à peu, un cône s'élève sous l'un des puits.

– Comment sais-tu tout cela, Coach ? Zaza croyait que tu n'étais qu'une antiquité bonne à rien !

– Avant de me jeter, tu as pris soin de réactiver mon application personnelle. J'ai donc pu me connecter sur certaines interfaces. Ma génération me permet d'obtenir des informations de base, sans plus. Je me fais vieux. Maints accès me sont refusés.

– Oui, murmure Pixie pour lui-même. On m'a déjà fait le coup.

Tandis que le tas d'objets de plastique se rapproche de l'ouverture du puits, le nano-ordinateur fait étalage de son maigre savoir, ce qui a au moins l'heur de divertir le garçon. Mais les idées de Pixie se bousculent pêle-mêle. Une multitude d'obstacles se dressent entre lui et la liberté. D'abord le fameux puits, ensuite la quête de nourriture et son évasion de la colonie lunaire. Si son objectif final consiste à retrouver la planète bleue, il lui faudra néanmoins transiter par la grande station spatiale Prima. Il aura donc deux contrôles de sécurité à franchir, sans compter les aléas qui peuvent survenir entre-temps. Depuis le début, son entreprise semble très hasardeuse. Pixie s'immobilise. Il contemple la soute puis l'écoutille du puits avec un désespoir sans cesse grandissant.

– Je fais tout cela pour rien, se persuade-t-il en lançant un bout de plastique contre le mur. Je suis perdu.

– Désires-tu réviser ton objectif ultime ou définir un plan d'actions plus réalistes ?

Pixie n'en a guère envie. Il relève la tête vers le dôme. À peine deux mètres le séparent des sas. Le seul but possible

PAUL ROUP 2003

demeure pour lui la liberté. Rien de moins. Il ne peut pas changer d'idée. Mais toutes ses énergies l'abandonnent. Il éprouve le soudain besoin de crier, de frapper la paroi pour créer une onde se répercutant quelque part du côté civilisé de la colonie. La police coloniale viendrait alors l'épingler et le sauver des crocs du broyeur. Pourtant, l'ombre de l'impitoyable PIP pèserait inexorablement sur lui. Il refuse le semblant de bonheur qu'offre sa civilisation sous cloche.

Coach réitère sa question. La larme à l'œil, le jeune sélène reprend sa pénible tâche.

– Si je n'y arrive pas, remarque le garçon d'une voix troublée, j'aurai au moins fait quelque chose pour m'en sortir.

Le nano-ordinateur donne son assentiment.

– Tu sais, dit le visage virtuel sur le bracelet, tu peux à tout moment modifier ton plan d'actions afin de tenir compte de nouvelles données ou expériences.

– Merci, Coach, fait Pixie avec ironie. J'en prends bonne note.

– De rien. C'est ma mission de rappeler aux individus ce qu'ils souhaitent et de les supporter dans l'optimisation de leur potentiel humain.

Pixie rit dans sa barbe.

– C'est quand même moi qui sue à grosses gouttes, rétorque-t-il. C'est aussi moi qui ai imaginé le plan.

– Évidemment, répond la voix à la texture robotisée, puisque je ne suis qu'un aide-conseil, qu'un simple bracelet. Me vois-tu vraiment en train de soulever des bouts de plastique ? Chacun son boulot.

Le garçon reconnaît de bonne grâce qu'il a parlé sans réfléchir.

– Et quels objectifs de vie poursuivaient les citoyens dans l'ancien temps ?

– Je les aidais à arrêter de fumer, à perdre du poids, à faire plus d'exercices. À se discipliner, somme toute.

Les mauvaises habitudes terrestres de ses ancêtres, révolues depuis des décennies, font sourire Pixie.

Perché au sommet du cône qu'il a construit, Pixie ne sait plus quoi inventer pour passer le temps. Sa nuque lui fait toujours mal, son ventre crie famine. Il veut déplier ses jambes engourdies, même dormir une heure ou deux. Il n'ose cependant faire le moindre geste de peur que le tas de matières à recycler ne s'écroule sous lui. Les yeux rivés sur le dôme, il guette impatiemment l'ouverture des puits.

Dans la soute silencieuse, il n'entend plus que le bruit de sa respiration, nerveuse et sifflante. Coach semble se reposer, lui aussi. Ou peut-être le nano-ordinateur respecte-t-il ce moment de recueillement avant la tempête.

L'espace d'un battement de cils, le fugitif perd contact avec la réalité. Il oublie la précarité de la situation. Devant lui s'élève, telle une oasis moirante dans le vide sidéral, la planète bleue. Elle grossit, se gonfle jusqu'à l'absorber tout entier. Il revit les merveilleuses sensations de *Terræ*. Il s'imagine avec plaisir en train de gambader dans la plaine verdoyante, marchant sur l'herbe qui chatouille ses orteils nus. Le soleil réchauffe sa peau laiteuse, le vent souffle les nuages au loin, les moutons traversent en troupeau la ligne de l'horizon.

Bientôt, le jeu deviendra réalité. Il le faut.

« Oui, bientôt ! » souffle paisiblement Pixie sur le point de se laisser étreindre par les bras du dieu Morphée.

Sa tête dodeline, le haut de son corps bascule.

– Ne t'endors pas, Pixie.

Tout en douceur, le garçon reprend sa position de guet. Il ouvre un œil, puis l'autre. Il promène son regard fatigué sur le contenu terne de la soute.

– Oui, bientôt…

Il prend une profonde inspiration. Il dépose son poignet droit sur son genou.

– Parle-moi, Coach. Dis n'importe quoi mais tiens-moi éveillé.

Coach ne répond pas tout de suite. Tant et si bien que le garçon, soucieux de garder le seul compagnon qui lui reste, le secoue avec désespoir.

– Tout doux ! émet le visage virtuel à moitié décomposé. Tout doux ! Je vais attraper un court-circuit.

Pixie place le bracelet sous son nez.

– Je peux te parler de tant de choses, observe Coach, que…

– Que je dois préciser les paramètres de ma question, c'est bien cela ?

– Oui.

Le garçon n'a pas besoin de chercher longtemps.

– Que sais-tu de la puce d'identification personnelle ?

– Attends… C'est une sorte d'interface bioélectronique servant de pont entre les humains et les réseaux informatiques du Système solaire.

– Les humains contrôlent les réseaux qui contrôlent à leur tour les humains.

– Oui, déclare Coach. Pour la majorité de la population, c'est ainsi que cela fonctionne.

– Et pour la minorité ?

– La minorité gère les deux à la fois.

Le fugitif grimace. Cette minorité, c'est l'astrogouvernement, bien sûr.

– Comment tout cela a-t-il commencé ?

– De tout temps, seul un petit groupe sélect d'individus a détenu le pouvoir au détriment de la multitude, imposant ainsi son code, sa pensée. Ce comportement n'est cependant pas une caractéristique propre au genre humain. On le retrouve aussi chez plusieurs espèces du règne animal. Les loups, les singes, les abeilles par exemple.

La dernière remarque ne réconforte pas Pixie. Pour lui, l'humain devrait utiliser son intelligence pour transcender son instinct bestial de pouvoir et permettre les libertés plutôt que de les contraindre. Car si toute société a besoin d'un minimum de règles afin de préserver son harmonie, ceux qui ne partagent pas les principes moraux établis deviennent forcément des rebelles, voire des criminels.

– La rébellion est donc une conséquence normale de la société, s'écrie le jeune colon. Je suis normal!

– La normalité ainsi que la marginalité ne sont que des points de vue. Chacune prône une façon originale de comprendre le monde. Chacune possède un paradigme qui lui est particulier.

– Mais cette dualité est la mère de tous les maux, commente le garçon avec une pointe de mépris dans la voix. Comment peut-on réduire l'écart entre les opposés, aplanir les différences?

Aussitôt la question formulée, Pixie s'aperçoit du terrible leurre. Aplanir les différences, uniformiser l'ensemble des gestes sur une seule et même pensée, provoquer à tout prix l'existence d'un absolu unique… C'est justement ce que tente de faire l'astrogouvernement Union!

Coach, ignorant le cours de la pensée du garçon, répond tout de même:

– On ne peut pas. Cette entreprise est vouée à l'échec. L'homme et la machine, la liberté et le totalitarisme, les loisirs et le travail, l'amour et la haine, le blanc et le noir… Ces notions s'unissent sans cesse pour ensuite s'opposer et se défier. Pour le meilleur et pour le pire.

Le jeune colon comprend qu'au nom de la sécurité, les astrocitoyens ont beaucoup sacrifié. Mais surtout que l'Union ne révèle pas toute la vérité, car l'ignorance des uns maintient le pouvoir des autres. L'Union exige de la population une transparence qu'elle ne peut en aucun cas se permettre elle-même d'afficher. Elle contrôle l'information et se nourrit de la cause rebelle pour mieux asseoir sa légitimité. Peut-être même que la cause rebelle n'existe pas. Peut-être que l'astrogouvernement ne l'a créée de toutes pièces que pour justifier ses actions, ses abus de pouvoir!

Troublé, Pixie ferme les yeux. Il secoue la tête. Plus il se pose de questions, plus il s'aperçoit que le fait social est une affaire très complexe qui n'avantage pas tout le monde de façon égale.

— Pour en revenir à la puce d'identification personnelle, poursuit Coach, on peut la qualifier de stratégie de gestion.

— Tout comme les automates Jama, enchaîne Pixie, et les débits bancaires restrictifs, le régime diététique comptabilisé à la calorie près, la limitation du temps passé dans les jeux d'arcade, les accès con-trôlés par empreintes, les rations d'eau, les révisions mémorielles qui assurent la qua-lité du travail…

– Ils en sont rendus là ?

– Oui, affirme le garçon en serrant les dents. Et cela dure depuis trop longtemps !

Au même moment, un formidable grincement se fait entendre. Pixie lève les deux bras vers le sas qui reste pourtant fermé. Il attend, s'impatiente tandis que le bruit de rouage envahit la soute en s'inten-sifiant, tel un crescendo infernal. Le garçon se relève, prêt à bondir dès l'ou-verture du puits. Mais à la place, la pyra-mide de déchets en plastique s'ébranle, semble se fragiliser. En perte d'équilibre, le fugitif bat de l'aile. Son pied quitte le sommet du cône. Tout en bas, la tonne de matières à recycler se soulève puis s'abaisse, comme les vagues d'une mer orageuse. Pixie écarquille les yeux. Le broyeur est en marche !

– Tu avais dit avant, Coach ! frémit-il, acculé à un horrible destin. Tu avais dit que l'ouverture des puits se faisait avant l'activation du broyeur !

– Je ne comprends pas ce qui se passe, avoue le nano-ordinateur tandis que sa mémoire examine les données à une vitesse fulgurante.

– Tu vas devoir préciser les paramètres de ta réponse, Coach. Et vite !

Le sommet du cône vacille, tangue affreusement. Avec une angoisse croissante, Pixie voit les objets de plastique dégringoler. À la dernière minute, les quatre sas s'ouvrent d'un coup. S'élançant vers le haut, il s'agrippe au dernier barreau de l'échelle tandis que l'amas de déchets s'abîme plusieurs mètres sous lui, dans la gueule du broyeur vorace.

Les rebelles

D'UN MOUVEMENT précis de balancier, Pixie réussit à déposer la pointe des pieds sur l'étroit rebord du sas. Il donne ensuite un coup de hanches vers le haut. En même temps que ses fesses passent au-delà de l'écoutille, il se retourne puis attrape le deuxième échelon. En équilibre précaire, penché au-dessus de la soute qui se vide, le garçon prend quelques secondes pour respirer.

Le bruit d'une glissade attire cependant son attention. Il relève la tête et, alors que ses doigts s'apprêtent à saisir un barreau supérieur, il voit fondre sur lui les déchets à recycler rejetés par le centre de tri de la zone ouvrière !

— Non ! hurle-t-il malgré lui.

Les objets s'abattent sur lui, heurtent le côté de son visage. De toutes les forces qui lui restent encore, le jeune sélène se colle contre l'échelle. Il enfouit sa tête entre deux barreaux et attend que le tumulte prenne fin. Dans leur chute, les déchets continuent de le bousculer. Plus d'une fois, ses pieds glissent vers la soute, mais il parvient à demeurer dans le puits.

Au bout d'une minute, le dernier objet le frôle puis traverse l'ouverture du sas qui se referme sur une soute vide. L'obscurité tombe aussitôt. Seules quelques balises lumineuses vertes placées le long de l'échelle éclairent faiblement le puits.

– Tu as réussi, Pixie. Toutes mes félicitations !

– À un certain moment, confie le garçon, je n'étais plus sûr de rien.

Ayant ainsi réalisé les premières étapes de son périlleux plan, le fugitif entame la longue ascension qui, l'espère-t-il, lui assurera la liberté.

Toutefois, la vitalité du début s'estompe rapidement. Car bien que le puits soit incliné, l'échelle, elle, est boulonnée à la paroi supérieure afin de ne pas entraver la descente des déchets. De cette manière, Pixie lutte sans cesse contre l'effet de la gravité. Il n'a d'autre choix que de placer les échelons sous les genoux, ce qui réduit considérablement sa vitesse et multiplie l'effort à fournir. Ses bras se mettent à trembler, son bassin s'alourdit, son cou le fait terriblement souffrir. Il perd sa concentration. Il a faim et le sommeil le gagne.

S'il poursuit sans se reposer, Pixie va finir par tomber et glisser jusqu'à la bouche du puits, tout en bas. Il ne tient pas du tout à faire une deuxième fois cette pénible montée. Aussi, à l'aide d'une acrobatie risquée, il se faufile entre les échelons pour passer de l'autre côté. Le garçon se trouve presque immobilisé entre la paroi et l'échelle. Dommage qu'il ne puisse pas utiliser ce côté-là pour grimper. Ce serait beaucoup plus facile, quoique très lent. L'espace restreint lui procure cependant le moyen de dormir sans craindre de chuter.

– Réveille-moi dans deux heures, Coach.

– Pas de problème.

Pixie s'endort tout de suite, sans même entendre le nano-ordinateur lui souhaiter une bonne nuit. Un sommeil de plomb l'envahit. Aucun rêve ne vient agrémenter sa sieste. Le garçon s'abandonne complètement. Il oublie l'inconfort de sa posture. Tout ce qui compte, c'est de fermer les yeux plus d'une seconde et demie.

Lorsque Coach le tire de son sommeil, le fugitif grimace. Il ne veut rien entendre tellement il désire prolonger ce moment de repos bien mérité. Pourtant, le bracelet s'entête à vibrer avec plus d'intensité. Pixie agite le poignet mais rien n'y fait. Il ouvre enfin un œil. Il constate avec curiosité que son compagnon virtuel communique maintenant par écrit. L'écran du bracelet s'illumine faiblement.

« Nous avons de la visite. »

Retenant son souffle, le garçon relève la tête. Un faisceau blanc frappe les parois du puits de façon saccadée.

« Rien ne doit dépasser de l'échelle », prévient Coach en vibrant de nouveau pour attirer son attention sur les conseils qu'il dicte.

À plat ventre sur les barreaux, Pixie se redresse légèrement, comme s'il s'apprêtait à exécuter quelques pompes. La lumière balaie l'espace. Elle semble hésiter puis s'arrête pile sur lui ! Le garçon bande davantage les muscles qui tremblent sous l'effort. Il attend, attend, désespère de ne jamais voir cette fichue lumière s'éteindre. Il tend l'oreille. Au loin, un léger murmure s'amplifie. Il distingue deux voix d'homme :

– Je ne vois rien, prétend l'un des policiers coloniaux.

– Le détecteur de mouvement a signalé une présence, soutient l'autre.

Quoique vacillant, le faisceau continue d'éclairer le fugitif.

– On dirait qu'il y a quelque chose, en bas.

– Difficile à dire, soutient le premier policier. C'est trop loin.

– Il faut descendre pour s'en assurer.

– Il n'y a rien qui bouge. Un déchet a dû se coincer entre les échelons lors de la dernière chute.

– Il faut y aller, insiste le second agent.

– Tu penses vraiment que le gamin s'est introduit dans le sas d'évacuation par la soute ? Voyons, c'est absurde. Les soutes font vingt-cinq mètres de haut. Elles sont vidées régulièrement. Comment veux-tu qu'il parvienne jusqu'à l'ouverture des puits ?

Pixie tente de comprendre la suite mais n'y arrive pas. Et, alors qu'il n'ose plus y croire, son vœu s'exauce. La lumière disparaît. Il retrouve enfin la discrète clarté des petites balises vertes.

Complètement réveillé, il patiente tout de même un peu avant de poursuivre son ascension. Quant à Coach, l'application personnelle reste en mode *écriture*. Plus aucun bruit ne doit s'échapper du puits.

Prêt à continuer, le jeune colon décide de ne pas retraverser de l'autre côté des barreaux de l'échelle. Il choisit de faire une ascension aussi lentement que possible. Il ne veut pas que les détecteurs de mouvement le repèrent. De toute façon, la proximité de la paroi lui interdit tout geste ample, ce qui l'incite non seulement à prendre régulièrement des pauses mais aussi à ménager ses forces.

Au bout d'une éternité, Pixie parvient finalement à l'extrémité du tunnel. Il passe la tête en dehors du puits. Déserté pour la nuit, le centre de tri paraît étrangement calme. Il s'extirpe du trou tout en douceur.

« Enfin ! » exulte-t-il, heureux de retrouver des lieux familiers.

Il voit alors le nom de Zaza figurer sur l'écriteau de l'aire de tri.

« C'est donc elle qui m'a envoyé cette tonne de déchets à la figure ! se plaît-il à penser sans rancœur. Il faudra que je le lui dise… »

Son plan ayant jusque-là parfaitement fonctionné, Pixie réfléchit à la suite : manger, dormir et quitter la colonie. La promiscuité de la vie coloniale de même que les contrôles de sécurité vont lui rendre la vie difficile. À moins qu'il ne demeure caché dans le puits et ne convainque Zaza de bien vouloir lui apporter de la nourriture. L'idée n'enchante pas le garçon. Il ne veut pas nuire à son amie. Il a déjà assez fait de mal à ceux qu'il aime. Et puis il ne peut pas passer le reste de son existence au fond d'un misérable trou !

Il a à peine le temps de formuler un début de stratégie que l'une des portes du centre de tri s'ouvre. Des pas franchissent le seuil et s'arrêtent alors qu'elle se referme. Pixie avise un chariot d'objets à trier derrière lequel il va s'abriter. Il écoute le pesant silence de l'endroit. Les pas obliquent dans sa direction. Ils stoppent tout juste devant le chariot. Paniqué, le garçon regarde de part et d'autre.

– Pixie ?

Le fugitif fronce les sourcils. La voix de l'homme lui rappelle quelque chose. Il aperçoit sous le chariot deux mollets recouverts d'un pan de combinaison verte.

– Tu n'as pas à avoir peur, mon garçon.

Au début, Pixie croit à une ruse de la police coloniale pour le capturer. Mais il repense au vieillard croisé au parc qui lui a indiqué la voie des souterrains.

— Tu ne peux pas rester ici. Viens avec moi.

Le jeune colon se redresse. Le vieillard qui habitait autrefois la Terre lui tend la main en souriant. Soulagé, Pixie se jette dans ses bras et pleure à chaudes larmes.

— Garde tes énergies, petit. Tout n'est pas encore terminé. Tu pleureras après.

Le fugitif acquiesce en hoquetant. Il sèche ses larmes sur sa manche et emboîte le pas de son nouvel ami.

— Comment avez-vous fait pour me localiser ?

— Depuis longtemps, nous avons implanté notre propre système de sécurité, ce qui empêche l'Union de venir mettre son nez dans nos affaires. C'est pour cela que bien des rebelles travaillent à l'entretien des souterrains. Mais nous ne pensions pas que tu allais pouvoir revenir, Pixie. Pour plusieurs d'entre nous, tu es déjà un mythe.

Près de la porte, le vieillard prend le garçon sous son bras, lui plaque le visage contre ses vêtements. Il place ensuite sa main ridée et son œil devant le lecteur d'empreintes digitales et rétinienne. La porte autorise la sortie et ils quittent le centre de tri. Les doigts de l'ancien terrien touchent le bracelet du garçon.

– C'est un coach personnel, lui dit Pixie. Je l'ai trouvé en bas. Il m'a aidé à tenir le coup.

– Je sais, se souvient le vieil homme, un brin nostalgique. J'en avais un, moi aussi, quand j'étais petit. C'était super, comme on disait dans le temps. Je ne croyais pas qu'ils existaient encore.

Via les nombreux corridors de la zone ouvrière, ils accèdent une fois de plus aux niveaux souterrains. Dans une allée, l'homme compose une série de chiffres sur un clavier numérique mural. Un témoin jaune se met à clignoter.

– Pendant les quinze prochaines minutes, notre système va court-circuiter les contrôles de sécurité d'Upsilon. Viens.

En silence, ils arpentent une multitude de couloirs, empruntent diverses directions. Pixie se sent perdu au cœur des tentacules du labyrinthe cyclopéen. Ils arrivent enfin près d'une trappe. Le vieillard s'y faufile. Songeant à sa chute dans la soute à déchets, le jeune colon hésite d'abord puis se décide à suivre l'homme. Un peu plus loin devant lui, son sauveur cesse de ramper pour s'entretenir avec un inconnu :

– J'ai retrouvé notre ami. As-tu ce qu'il faut pour l'accueillir ?

– C'est trop dangereux ! Je ne peux pas. On me surveille.

– Seul toi peux l'aider.

– Ce n'est qu'un enfant ! Je ne peux rien pour lui.

– Après tout ce qu'il a vécu, nous ne pouvons pas le laisser tomber. Je crois en lui.

Pixie s'approche davantage. Il entrevoit, à travers une petite grille, l'intérieur d'une unité d'habitation.

– Le système va bientôt se réarmer, Prof !

L'homme donne finalement son accord. Le vieillard se colle sur un côté de la paroi et soulève la grille. D'un signe de la main, il invite le fugitif à descendre dans sa nouvelle cachette. Tout comme Prof, le garçon se sent forcé d'agir contre son gré. L'idée de demeurer chez quelqu'un qui ne veut pas de lui l'indispose. Il s'assoit tout de même sur le rebord du châssis, pieds ballants au-dessus de l'unité d'habitation. Avant de sauter, le vieillard lui touche le bras.

– Je vais revenir te chercher.

La promesse soulage Pixie. D'un coup de hanches, il se laisse tomber. Il atterrit chez Prof, un homme d'une quarantaine d'années. Sa chevelure noire et sa peau basanée témoignent de ses lointaines origines latines. L'homme l'observe, le détaille des pieds à la tête. Son regard dur semble pourtant s'émouvoir à la vue du brassard ensanglanté entourant la cuisse du garçon ainsi que de l'énorme ecchymose qui dépare son visage.

– Alors c'est toi ! C'est toi qui mets toute la colonie et le Système solaire à l'envers. Tu parais étonné… Croyais-tu que ta petite escapade allait passer inaperçue ? Elle coûte cher à bien du monde. Aux rebelles, surtout. Nous avons tendance à faire les choses en douce, pas à pas, sans sauter les étapes. Et surtout, sans trop attirer l'attention sur nous. Même les rebelles doivent se discipliner s'ils veulent voir aboutir leur révolution.

Pixie soupire. Il ne s'attendait pas à ce genre d'accueil.

– Vous voulez m'aider ou vous allez continuer de me sermonner ?

Prof va à la cuisine puis revient avec une assiette de pâtes et un verre de jus. Le garçon, qui n'a rien ingurgité depuis deux journées complètes, en a l'eau à la bouche.

– Je vais t'aider, affirme l'homme en déposant le repas sur la table. Cela va prendre un peu de temps, mais j'accepte.

Sans attendre l'autorisation de manger, le fugitif commence à s'empiffrer. Il oublie les bonnes manières et parle la bouche pleine.

– Ça veut dire quoi, du temps ? demande-t-il, s'emplissant le gosier sans avoir d'abord tout avalé.

Prof s'installe devant lui.

– Le temps de te construire une identité biosociale compatible avec tes coordonnées physiques. J'en ai quelques-unes, ici, mais elles ne t'iront pas.

Pixie relève la tête de même qu'un sourcil. Il ne comprend pas du tout ce que l'autre lui dit.

– Combien de temps ? réitère-t-il.

– Avec l'astrobordereau de voyagement, environ vingt-quatre heures. C'est le mieux que je puisse faire.

– C'est mieux que deux ans ! déclare Pixie, tout sourire. Je peux avoir une autre portion ?

Son hôte le toise avec sévérité. Il croise les bras sur sa poitrine.

– Les rations sont calculées, petit arrogant. L'aurais-tu oublié ? Tant que tu logeras sous mon toit, si l'un de nous mange, l'autre s'en abstient. C'est donc moi qui prendrai le repas suivant. Est-ce bien compris ?

Pixie baisse les yeux vers son assiette vide. Il a encore faim. Il n'apprécie guère le ton autoritaire de son nouveau protecteur. Ce rebelle se montre tout aussi rigide que les adeptes de l'Union ! Prof ramasse la vaisselle puis apporte une petite trousse de premiers soins. Il demande au fugitif de retirer sa combinaison pour qu'il vérifie l'état de sa blessure à la cuisse. Il lui donne ensuite de la glace pour la contusion qui enfle son visage.

– Maintenant, les mesures, déclare-t-il.

Prof disparaît dans l'une des chambres de l'unité d'habitation. Il en ressort aussitôt, muni d'un étrange casque semblable à ceux des jeux d'arcade.

– Retiens ta respiration.

Pixie s'exécute. Prof ouvre l'objet en deux et le place sur la tête du garçon.

L'intérieur, tapissé d'une pellicule moulante malléable à la chaleur corporelle, sert à prendre les dimensions du crâne. Après avoir retiré le casque, il détermine la stature physique du jeune homme à l'aide d'un numériseur tridimensionnel. Il exhibe ensuite un petit bout de papier !

Pour la première fois de sa vie, Pixie voit du papier sans le reflet des vitrines protectrices du musée de sciences naturelles ! Prof y retranscrit chacune des données tout en observant le garçon s'extasier. Avec un soin calculé, il écrit lentement les chiffres et les lettres. Sur la feuille carrée, le trait continu danse au bout du crayon et fascine le fugitif. Sous le charme et à son insu, la main droite du garçon balaie l'air de façon à reproduire le geste fluide de Prof.

— Cela provient de la Terre, révèle l'homme. C'est du papier et un crayon à la mine de plomb. Le papier est plus sûr que les supports informatiques, car on peut le détruire complètement, le cas échéant. Sinon, il y a toujours des risques de récupérer les données qu'on veut éliminer.

Du bout du doigt, Pixie effleure le papier, découvre ses légères aspérités.

Lorsque Prof a terminé de noter les informations, le garçon lui emprunte le crayon et recopie un chiffre. La pointe de la mine s'écrase, forme un trait nerveux et zigzagant qui ne ressemble à rien, puis se casse. Il recommence mais obtient un tout aussi piètre résultat.

– C'est beaucoup plus facile avec un clavier, hein ? se moque Prof sans méchanceté.

Pixie en reste tout pantois.

– Mais comment faisaient-ils autrefois pour écrire des livres de plusieurs centaines de pages ?

– Tout vient avec la pratique, Pixie. Allez, c'est assez pour aujourd'hui. Prends une bonne douche et va dormir. Pendant ce temps, je vais m'occuper de ta nouvelle identité.

Il lui désigne sa chambre puis s'en va. Après s'être douché, Pixie se faufile sous l'édredon du lit moelleux, goûtant enfin les joies d'une nuit de sommeil normal.

À son réveil, Prof n'est pas encore rentré. Le garçon enfile une combinaison propre qu'il lui a prêtée. Il se regarde dans la glace et se trouve ridicule. Il a l'air d'un pantin dans le vêtement trop ample. Il replie le bas du pantalon et les manches, resserre au maximum la taille qui traîne sur ses hanches. Il palpe l'horrible ecchymose qui barre son visage. Il a bien hâte de voir ce que son protecteur va lui rapporter pour camoufler cette blessure.

Curieux de l'homme qui l'héberge, le jeune fugitif inspecte l'unité. Il ouvre les tiroirs et les armoires. Il ne trouve rien qui l'éclaire davantage sur la personnalité de l'énigmatique Prof. Pas même les fameuses identités que celui-ci dit posséder, ni d'autres bouts de papier ou de crayon. Il décide alors d'ouvrir le moniteur du salon pour écouter les nouvelles. D'emblée, il apprend que sa disparition fait toujours les manchettes. Son visage, ainsi qu'une alerte au Paradigme 87, figure sur toutes les chaînes.

« Depuis près de trois jours maintenant, la police coloniale d'Upsilon, sur la Lune, mène l'enquête. Les autorités locales concentrent leurs recherches dans le secteur de recyclage de la zone ouvrière où une présence en mouvement aurait été signalée, dans la journée d'hier. Rappelons que le jeune colon en fugue, qui attendait la réactivation de sa puce d'identification personnelle, s'est vicieusement soustrait au contrôle parental de sa mère. Les proches du fugitif sont placés sous étroite surveillance. Plus les jours s'écoulent, plus on s'inquiète pour la vie du garçon. À ce sujet, l'astrodéputé unioniste d'Upsilon réaffirme sa volonté de procéder à une prise rapide. »

La lectrice de nouvelles cède la place à l'astrodéputé dont le visage apparaît à côté de celui de Pixie.

« Par pure ignorance et sans doute dans un excès de naïveté, le jeune colon que nous cherchons s'est lui-même mis en danger et menace notre harmonie. La population doit se montrer attentive à toute manifestation, aussi anodine soit-elle, qui perturberait la routine du quotidien. Elle ne doit surtout pas entretenir de haine envers l'enfant. L'Union, mes collègues députés et moi restons convaincus qu'il n'est qu'une victime, qu'un pion dans une nouvelle tentative de désorganisation sociale orchestrée par les rebelles. Cet enfant a besoin d'aide. En la lui offrant, nous nous aidons tous. »

Pixie fronce les sourcils. Une pensée effroyable traverse son esprit : se peut-il que le vieillard et Prof, qui se prétendent des rebelles, l'aient sournoisement piégé pour toucher la mirobolante récompense offerte par l'Union ? Toutes leurs sima-grées sont-elles bien celles des détracteurs de l'astrogouvernement ? Du coup, il ne sait plus qui croire, à qui faire confiance. Il se sent à nouveau prisonnier d'une unité d'habitation qu'il ne peut quitter sans éveiller aussitôt les soupçons. Il tourne la tête vers la porte d'entrée. Il constate avec surprise qu'il n'a pas entendu Prof revenir ! L'homme, qui porte une boîte d'épicerie sur les bras, l'observe avec attention, comme s'il voulait pénétrer les méandres de sa pensée.

– Brillant discours, fait-il à l'intention de l'astrodéputé.

Il referme le moniteur qui obéit à sa commande vocale. Pixie, visiblement indécis, recule d'un pas. Prof dépose le paquet sur la table.

– Le doute, l'inconnu, la différence qui fait peur… Voilà le beau jeu de l'Union pour s'assurer la fidélité de ses citoyens. L'astrogouvernement fera tout pour te mettre la main dessus, Pixie. Tu vaux trop cher à ses yeux. Mais aussi aux nôtres. Tu es la confirmation que leur système a des ratés qu'on ne peut prévoir.

La respiration de Pixie s'alourdit. Son regard oscille entre la grille de la gaine d'aération au-dessus de sa tête qui le replonge dans une course effrénée contre l'Union, la porte de l'unité qui le condamne à reprendre sa vie programmée d'antan, et son interlocuteur dont le calme neutre et nonchalant l'exacerbe.

– Donnez-moi la preuve que je peux me fier à vous.

Pour toute réponse, l'homme indique la boîte d'épicerie. Le jeune sélène avance d'un pas prudent. Il relève les deux panneaux de la boîte de plastique et découvre quelques sachets de produits d'alimentation déshydratés. Il les repousse de chaque côté quand il aperçoit avec horreur une tête surgir du fond de la caisse, encadrée de deux mains prêtes à le saisir à la gorge !

– Mais qu'est-ce que c'est que ça ? fait-il épouvanté, en bondissant en arrière.

– C'est ton nouveau « moi ».

Incrédule, Pixie le toise sans comprendre. Prof défait la fausse boîte d'épicerie et lui présente le visage modelé sur un mannequin. À côté de la tête, Pixie remarque un coffret à deux compartiments, ainsi qu'une pochette.

– Voici Loga. Avec ses traits et ses empreintes, tu pourras quitter la colonie.

Prof ôte le masque du mannequin qui laisse désormais voir le crâne moulé de Pixie. La peau de silicone bougeotte comme une gelée entre ses doigts. Il applique les nouveaux traits sur ceux du fugitif. Il s'assure ensuite que le déguisement adhère bien. Il fait de même avec les deux gants munis d'empreintes digitales. Le garçon contemple ses mains, les retourne, se les frotte l'une contre l'autre. Elles semblent en tout point pareilles. Seule la sensation du toucher varie légèrement. Du coffret à compartiment double, Prof retire des couvre-rétines qui serviront à déjouer les contrôles de sécurité. Le corps étranger fait cligner les yeux de Pixie. Quelques larmes glissent sur ses fausses joues.

– C'est très inconfortable au début, mais nécessaire.

L'homme retire de la pochette de tissu une combinaison turquoise aux garnitures jaunes. Pixie ouvre la bouche de surprise. Prof est en train de lui offrir une immunité diplomatique !

– Qui est ce Loga ? Existe-t-il vraiment ?

– Oui, répond Prof en l'aidant à s'habiller. Il est le fils d'un astrodéputé de la grande station spatiale Prima. Il séjourne quelques jours à Upsilon, chez sa tante. Il repart ce soir. Tu te présenteras aux quais spatiaux à sa place. C'est le seul jeune autorisé à quitter la Lune d'ici les prochains jours.

Devant la glace, Pixie fait deux tours sur lui-même. Le résultat est impressionnant. Il ne parvient pas à se reconnaître.

– Et le vrai Loga ? s'informe le fugitif. Qu'est-ce qu'il va lui arriver ?

– Ne t'en fais pas. Sa tante est des nôtres. Nous luttons pour nos idées mais nous ne nous en prenons pas aux vies humaines. Les moyens de notre cause sont nobles.

Les paroles de Prof le rassurent. L'homme sort de la poche intérieure de sa combinaison un étui noir qu'il remet à Pixie.

– Voici ton passeport solaire ainsi que le bordereau de voyagement. Tes bagages ont déjà été enregistrés. Dans l'étui, tu trouveras aussi une copie que nous avons faite du calepin personnel de Loga. Consulte-le. Ces informations pourront être utiles si l'on te contrôle.

Pixie range les documents électroniques dans sa poche. L'heure du départ approche. Prof place une chaise sous le conduit d'aération du plafond. À travers la grille se dessine le visage familier du vieillard venu le chercher.

– J'aimerais vous demander une dernière chose, Prof, dit Pixie, un peu gêné.

– Je t'en prie.

– Je voudrais que vous écriviez mon prénom sur un bout de papier. En souvenir.

Prof accepte volontiers. Avec minutie, il trace un long trait fantaisiste formant les lettres rattachées du prénom du garçon. À peine a-t-il levé la pointe de son crayon qu'il se met doucement à rire. Le fugitif lui lance une œillade intriguée.

– C'est ton prénom... commence par dire Prof. Il vient du mot *pixel*, ces petits éléments qui composent une image. Tu sais, l'Union tient beaucoup à ce que son image soit belle et cohérente. Lorsque les petits éléments qui la composent que sont ses citoyens se rebellent, elle montre des dents. Car elle a peur que son image se ternisse, se distorde, devienne chaotique. Elle craint de perdre le contrôle. Car, comme le dit un vieil adage, la forêt n'est verte que si ses arbres le sont.

La métaphore fait aussi sourire le garçon. Il admire un moment la forme des lettres sur le papier poreux. Il plie la feuille en quatre puis la glisse dans sa chaussette, sous l'arche de son pied. D'un signe de tête, Pixie fait ses adieux à Prof. Il monte sur la chaise et attrape le rebord du conduit d'aération.

Le SubGO

– **D**ÉPÊCHONS-NOUS, murmure le vieillard. Le système est plus difficile à neutraliser pendant l'heure de pointe.

Pixie et le vieux rebelle rampent cette fois dans la direction opposée. Ils ressortent du conduit par une autre trappe. D'un œil avisé, l'homme détaille le fugitif avec soin. Il semble satisfait du résultat. Il rajuste la combinaison du garçon, l'époussette du revers de la main afin d'enlever toute trace de poussière. Ils se considèrent pendant un long moment.

– Adieu, monsieur, souffle Pixie, la voix pleine d'émotion.

– Nous nous reverrons peut-être sur Terre, petit.

Le fugitif acquiesce en silence. Il le voudrait bien. Il sourit malgré une larme qui lui pique le coin de l'œil. En guise de remerciement, il lui offre son nano-ordinateur Coach. Le regard brillant, le vieil homme le place aussitôt autour de son poignet.

Sur le clavier mural, près d'une porte à accès limité, le témoin rouge clignote sous le jaune. Le système de contrôle d'Upsilon va bientôt reprendre ses droits. Le vieillard déverrouille la porte à l'aide de ses empreintes. Pixie émerge des conduits d'alimentation, tout juste à la hauteur du grand parc central. Quelques colons passent devant lui sans le remarquer. Des trottinettes à piles circulent à vitesse réduite au côté des mini-jeeps. Le garçon s'apprête à avancer lorsqu'une voix féminine le cloue sur place :

– Loga ?

Nerveux, Pixie fait volte-face. Une jolie femme aux cheveux roux lui sourit.

– Où étais-tu passé ? Ta navette décolle bientôt.

Le fugitif se crispe lorsqu'elle lui prend la main. Elle lui adresse un petit clin d'œil complice. Le garçon comprend alors qu'il s'agit sûrement de la tante de Loga, elle aussi une rebelle. Ensemble, ils rejoignent le parc où ils se promènent à l'abri des bosquets.

– À ton arrivée sur Prima, annonce-t-elle, franchis le poste d'astrodouane puis rends-toi aux sanitaires. Un intermédiaire te prendra en charge. Il te donnera une nouvelle identité. Si par malheur il t'arrivait quoi que ce soit…

Elle lui présente une carte d'affaires de plexiglas portant le logo des solutions de *Gestion Totale*, la compagnie qui fabrique entre autres les automates Jama.

– Mets tes vêtements, ton masque, tes gants, tes couvre-rétines dans un tas. Insère cette plaquette dans le calepin personnel de Loga et place-le par-dessus. N'oublie pas le passeport ni le bordereau de voyagement. La plaquette s'autodétruira et avec elle les preuves permettant de remonter jusqu'à nous. As-tu bien compris ?

Pixie avale sa salive de travers. Il piétine nerveusement le sol.

– Et moi ?

– Si tu en arrives là, dit-elle, le regard douloureux, c'est que tu auras échoué. Nous ne pourrons plus rien pour toi. Bonne chance.

La femme se détourne puis s'en va. Pixie la suit. Il accélère le pas et finit par la rejoindre. Elle sursaute en le voyant à ses côtés mais ne ralentit pas pour autant.

– Pourquoi m'aidez-vous à partir alors que vous, Prof et le vieil homme restez ici ? Pourquoi n'en profitez-vous pas pour retourner sur la Terre ?

Cette fois, elle s'arrête. Un mystérieux médaillon apparaît dans l'encolure de sa combinaison, le long de la ligne dessinée par ses seins. Tandis qu'elle l'embrasse sur les joues, elle murmure d'une voix maternelle :

– Pour que les jeunes de ta génération connaissent un monde meilleur…

Sa main caresse le visage de Pixie. Elle lui adresse un dernier sourire puis se mêle à la foule de colons qui, revenant du travail, s'apprêtent à entamer la fin de semaine. Le garçon tourne sur lui-même. Il croise plusieurs sélènes, les dévisage. Personne ne se doute de son identité réelle. Malgré son uniforme prestigieux, on voit en lui un jeune comme tous les autres. Pourtant, à l'intérieur, tout bouillonne.

Non loin, remontant une allée du parc, il aperçoit la silhouette familière de son père. L'homme avance fébrilement vers son fils sans le savoir, sans le voir. Il lui fait face un moment puis se détourne pour continuer sa route jusqu'au bloc médical. Pixie ressent un terrible pincement au cœur. Il aurait aimé le saluer, le prendre dans ses bras, l'emmener avec lui. De même que sa mère et sa sœur Cookie. Car il a la conviction que leur véritable personnalité se trouve tapie dans l'ombre du paradigme unioniste, que leur âme a cédé son originalité à une programmation étouffante. Ils n'ont plus de volonté propre. Ils sont des automates, tout comme les Jama.

Pixie se fait alors une promesse : s'il réussit, sa famille viendra un jour le rejoindre sur Terre.

D'un pas rapide et décidé, le jeune colon se rend aux quais spatiaux. Une atmosphère électrisante règne là-bas. Les équipages, avec leurs uniformes à la coupe sexy, discutent entre eux au bar pendant que les voyageurs impatients se précipitent vers l'enregistrement. Quelques-uns errent dans les boutiques à la recherche d'un souvenir à rapporter. Pixie se place à la queue de la file d'attente. D'une main, il tient le passeport solaire et le bordereau de voyagement. De l'autre, il prend quelques minutes pour examiner le calepin personnel de Loga.

Il constate que l'adolescent de Prima a une classe d'avance sur son âge, qu'il est le meilleur élève de sa promotion, qu'il prépare une allocution publique pour la Chambre des Jeunes pour l'Union dont il est membre, et que ses amis sont enfants soit de députés, soit de dirigeants des grandes compagnies monopolistes. L'astrogouvernement forme déjà sa relève !

La file d'attente diminue peu à peu. Les voyageurs considèrent Pixie avec déférence. Sa combinaison turquoise témoigne de son haut rang dans le Système solaire, ce qui contrarie le garçon. Il tente de fuir leurs regards insistants. Il se tourne vers le moniteur public, situé au-dessus du bar.

Le fugitif ne prête d'abord pas attention aux nouvelles diffusées sur la chaîne locale tant le brouhaha des quais spatiaux l'absorbe. Son visage y apparaît mais cette fois, il se voit entouré de sa famille, en train de donner une entrevue ! Pixie fouille sa mémoire. Jamais il n'a parlé devant les caméras auparavant…

Subjugué, le garçon quitte la file. Il avance lentement, les yeux écarquillés et rivés sur le moniteur.

– Je ne me suis jamais senti aussi bien de toute ma vie, s'entend-il déclarer sur l'écran géant. Je ne remercierai jamais assez l'Union d'avoir mis un frein à mon calvaire. Je n'ai qu'une envie : retrouver ma famille et aller aux arcades avec mes copains !

Pixie secoue la tête. Il n'y comprend rien. Ses parents se réjouissent, Cookie aussi. Toute la petite famille s'embrasse et se donne l'accolade devant l'entrée du bloc médical. Mais que se passe-t-il donc ?

Le lecteur de nouvelles reprend l'antenne. Il confirme ce que Pixie redoute le plus, ce que son esprit peine à concevoir :

« Voici donc une autre histoire qui finit bien. En début d'après-midi, la police d'Upsilon a finalement retrouvé le colon de dix ans porté disparu depuis trois jours. Les policiers l'ont reconduit au bloc médical où on l'attendait pour lui implanter une nouvelle puce d'identification personnelle. Les médecins ont également procédé à un examen de santé. Leur rapport indique que les troubles de personnalité dont souffrait le jeune sélène sont dus à la migration accidentelle de son ancienne PIP qui faisait pression sur le cortex cérébral. Hormis une faible déshydratation, le garçon, comme on a pu le constater, se porte à merveille. Il reprendra ses activités normales dès la semaine prochaine… »

Pixie vacille. La confusion l'envahit. Il n'en croit pas ses yeux ni ses oreilles. Qui est cet imposteur qui le remplace au sein de sa famille ? Qui est celui qui recevra les marques d'amour de ses parents tandis que lui vivra seul en exil, sur une planète bleue au climat encore capricieux et gorgée de mutants ? Ses idées de rébellion justifient-elles de se sacrifier pour qu'un autre profite de ce qui lui appartient ici, sur la Lune ?

La jalousie dévaste son cœur jusqu'à le compresser horriblement. L'air semble se raréfier. Le garçon cherche un instant à trouver son souffle. Il jette un coup d'œil à la file d'attente. Le dernier couple de voyageurs présente passeport et bordereau de voyagement au comptoir d'enregistrement. Son tour est arrivé.

Dans l'aire d'attente des quais spatiaux, il perçoit les commentaires soulagés des astrocitoyens. Leurs traits crispés se détendent, l'anxiété retombe d'un cran. Le retour annoncé de Pixie, bien que faux, replonge l'ensemble de la société coloniale dans un calme formidable. Tout rentre enfin dans l'ordre. La sécurité fonctionne à nouveau. Le besoin de bonheur apparent triomphe.

Pixie grimace. Il regarde l'heure. La préposée au comptoir d'enregistrement lui fait signe d'avancer. Pourtant, le jeune colon fourre les documents électroniques dans sa poche et s'en va. Il n'a qu'une idée en tête : mettre la main au collet de l'hypocrite qui usurpe son identité.

Il laisse derrière lui la cohue des quais spatiaux pour revenir sur ses pas. Il remonte les corridors achalandés et arrive à la grande intersection du parc central. Là, il surprend son sosie assis sur un banc. Quelques passants s'arrêtent un moment pour s'entretenir avec lui. On lui souhaite bon retour ainsi qu'un prompt rétablissement. La copie conforme de Pixie offre sourires et poignées de main à tout vent. Un journaliste approche, lui demande quels sont ses projets d'avenir.

— Eh bien ! répond l'imposteur avec aplomb. Je n'y ai pas encore vraiment songé. Mais je crois que je pourrais me servir de mon expérience pour m'impliquer davantage au sein de la Chambre des Jeunes pour l'Union et devenir un agent de promotion des valeurs prosociales.

On applaudit la réponse, on se rassérène, on s'éloigne peu à peu. L'imposteur se rend aux jeux d'arcade où il rencontre Zaza. La jeune fille l'accueille avec circonspection. Son sourire mitigé ne passe pas inaperçu.

– Qu'y a-t-il, Zaza ? demande le faux Pixie.

Zaza hésite. Doit-elle afficher sa joie de le revoir sain et sauf ou sa déception de le savoir reprogrammé ?

– Tu n'es pas contente de me…

– Ce n'est pas cela, coupe-t-elle aussitôt. J'ai eu peur.

– Je comprends. Mais il n'y a plus rien à craindre. Je suis guéri maintenant.

Il la prend par le bras et la conduit devant l'un des nombreux jeux virtuels. Il paie la séance à l'aide de ses empreintes. Zaza ne cache pas son étonnement.

– Tu ne choisis pas *Terræ* ?

L'imposteur se crispe, la toise en inclinant la tête sur le côté. Il hausse les épaules avec bonhomie.

– Plus tard…

Il reporte son attention sur le jeu. Suspicieuse, la jeune fille plisse le front. Du coin de l'œil, elle avise un autre jeune qu'elle ne connaît pas. Pixie, vêtu de la combinaison turquoise de la haute société solaire, vient interrompre la partie.

– C'est toi Pixie ? demande-t-il à son sosie en le prenant à part.

L'imposteur l'examine, hésite l'espace d'un bref moment.

– Oui, c'est moi.

– Je suis Loga, prétend Pixie en jouant le jeu jusqu'au bout. Je fais partie de la Chambre des Jeunes pour l'Union. Je t'ai entendu parler tout à l'heure, au parc. J'aimerais discuter avec toi de la possibilité de participer à titre de conférencier spécial lors de notre prochain congrès.

– D'accord, dit le faux Pixie.

Ils s'excusent tous les deux auprès de Zaza qu'ils laissent derrière eux. Ils marchent au hasard des corridors et des allées de la colonie. Ils devisent comme s'ils se connaissaient depuis toujours, discutent des beaux principes de l'Union. Tout en cachant son véritable mobile, Pixie a la troublante impression de savoir exactement ce que son sosie va lui répondre. Sans doute parce qu'il aurait fait des réponses similaires s'il avait été programmé.

Leurs pas les conduisent dans une aire isolée de la zone ouvrière. Des chariots pleins de minerai les entourent, quelques outils jonchent le sol brillant de poussière lunaire. Le silence s'installe. Les deux garçons s'immobilisent. Pixie lève le bras, son sosie l'imite. Il fronce les sourcils, l'autre fait de même.

– Qui es-tu ?

– Qui es-tu ? répète le sosie comme un écho.

Le fugitif lui lance une œillade vindicative. L'imposteur va-t-il ainsi singer tout ce qu'il fait ? Où prend donc fin leur saisissante ressemblance ? Ils ne peuvent tout de même pas être identiques jusque dans leurs intentions, jusque dans leur âme !

– Je m'appelle Pixie, prétend la copie conforme. Je te l'ai dit.

– Prouve-le !

L'autre hausse les épaules. Il réfléchit un moment puis sourit. Il lui déballe toute sa vie ou presque, donne les détails précis de son histoire : ce qu'il aime et déteste, ce dont il rêve. Pixie se reconnaît dans cette description parfaite de lui-même. Pourtant, il n'est pas dupe. Toutes ces données figurent sûrement dans la compilation des rapports quotidiens. Mais surtout, le sosie ne dit rien au sujet de son escapade dans les souterrains. Car il ne sait pas ce qui s'y est réellement passé. Le fugitif ne se gêne pas pour le lui faire remarquer.

– Je préfère oublier ce triste épisode, élude l'autre habilement.

Pixie lève à nouveau le bras. Cette fois, l'imposteur ne réagit pas.

– Montre-moi ton vrai visage. Enlève ton masque.

– Mon masque ? demande l'autre d'un air innocent. De quoi parles-tu ?

Pixie fait un geste vers la tête du sosie qui se dérobe en faisant un pas de côté.

– Si tu n'as rien à cacher, soutient le fugitif, alors laisse-moi faire.

Contre toute attente, l'imposteur accepte. Alors qu'il fixe son regard sur celui de son rival, Pixie avance lentement. Du bout des doigts, il rabaisse le collet de la combinaison. Il palpe le cou du sosie avec une prudence extrême. Il explore la peau sous le tissu gris, recherche la fine lisière du masque de silicone. Il fouille derrière la nuque, revient sur la gorge, remonte le long de la carotide. Rien. Il ne trouve rien !

– C'est impossible, murmure-t-il d'une voix chevrotante.

Il se rapproche davantage. Il inspecte maintenant à deux mains sans obtenir le moindre résultat. Le sosie esquisse une moue amusée.

– Je ne porte pas de masque, ricane-t-il. Et toi ?

Stupéfait, Pixie cligne des yeux. Il recule en secouant la tête avec incrédulité. L'imposteur n'arbore aucun déguisement. Son visage, sa peau, tout est réel ! Même ce petit grain qui orne l'orée de sa chevelure, près de l'oreille. Si le sosie est Pixie alors lui, Pixie, qui est-il ? Qui est la réplique de qui ?

– Je pense donc je suis, souffle Pixie en se remémorant le principe de Descartes.

– Oui mais qui es-tu, au juste ? le nargue l'autre du tac au tac.

Les mots frappent l'esprit du fugitif de plein fouet. Ils cherchent à s'unir pour formuler une définition de son identité : est-il un enfant, un être humain, un fils, un frère, un ami, un colon, un astrocitoyen, un pion, un rebelle, un songe, une multitude de molécules… ? Pixie a le sentiment d'être tout cela et plus encore. Mais quoi ?

– Et toi ? revient à la charge le sosie. As-tu un masque ?

À son tour, il touche Pixie qui se dégage nerveusement. Celui-ci lève la main pour protéger son cou. Il dévisage son rival d'un regard désespéré. La présence d'un sosie sans masque dépasse son entendement, remet tout en question. Les hypothèses virevoltent dans sa tête. Il n'arrive pas à se faire une opinion claire de la situation. L'Union avait pourtant juré de ne jamais aller jusque-là !

– Tu es…, bafouille-t-il. Tu es un… clone ?

L'imposteur sourit toujours.

– Un clone, c'est cela ? réitère Pixie sans oser le croire.

– Montre-moi, fait l'autre d'un calme olympien en guise de réponse.

Le double se rapproche encore d'un pas. Pixie recule. Il bute contre un chariot, perd l'équilibre. L'autre plaque alors une main de fer sur sa poitrine pour le maintenir fermement. Acculé contre le minerai, le fugitif commence à chercher son souffle.

– Je veux savoir, l'implore-t-il, le regard embrumé.

– Je veux savoir.

Pixie grimace en voyant l'autre l'imiter de plus belle. Il tente de repousser le bras de l'imposteur mais celui-ci, solide comme une barre, ne bronche pas. Le fugitif oblique d'un côté. Aussitôt, le bras gauche du sosie s'abat sur le rebord du chariot pour empêcher la fuite.

– Et toi ? répète le sosie. As-tu un masque ?

Flairant le danger, Pixie baisse la tête et bande ses muscles. De toutes ses forces, il percute son rival. Le sosie ne bouge pas d'un iota. Si les deux garçons se ressemblent comme deux gouttes d'eau – malgré le déguisement de Pixie –, leurs forces physiques diffèrent totalement.

Pixie, qui craint d'abîmer son masque et de perdre ainsi l'occasion de s'envoler pour Prima, réussit à maintenir son rival à bout de bras pendant quelques secondes.

– D'accord, prononce-t-il, haletant. D'accord, je vais te montrer. Mais relâche-moi, s'il te plaît.

Le sosie incline la tête de côté. Il semble sonder le fond de la pensée de Pixie. Il finit par accepter. Profitant de la marche arrière, le fugitif s'élance. Dans sa course, il saute maladroitement par-dessus un obstacle. Sa cheville se tord à l'atterrissage. Il s'étale de tout son long sur le sol recouvert de poussière lunaire. Il se relève aussi vite qu'il le peut, mais son rival revient à l'assaut. Il le cloue contre un second chariot. Une lueur étrange éclaire les prunelles du sosie. Comme il s'apprête à lui arracher son masque, Pixie tend la main le long du rebord du chariot, et saisit un gros morceau de minerai. Il l'élève au-dessus de sa tête. Tandis que le sosie touche son masque, il abaisse le bloc et assène un coup retentissant sur l'épaule de l'autre.

Le choc les paralyse. Ils se dévisagent, le regard empreint d'hébétude. Le sosie hoche sèchement le chef, comme s'il se replaçait une vertèbre. Un subtil bip attire l'attention de Pixie. Puis un autre, un peu plus fort. L'imposteur bat en retraite. De la bave s'écoule aux commissures de sa bouche.

– Pixie !

Pixie tourne aussitôt la tête. Il aperçoit Zaza qui, un pied à terre et l'autre sur la plate-forme de sa patinette, observe la scène avec horreur. Elle laisse son engin tomber sur le sol pour fondre sur Pixie, déguisé en Loga.

– Espèce de voyou ! lui crache-t-elle à la figure.

Tandis qu'elle le repousse, le bloc de minerai s'échappe des mains du garçon. La jeune fille, la larme à l'œil, se précipite maintenant vers celui qu'elle croit son ami.

– Pixie, tout va bien ?

Le sosie bat l'air de ses mains. Ses yeux se révulsent, la bave s'épanche sur sa combinaison grise.

– Zaza, tu te trompes, prononce le vrai Pixie avec force.

Reconnaissant sa voix, elle le dévisage un instant sans comprendre. Elle détaille chacun des traits de l'inconnu. Son regard alterne entre les deux garçons.

– Je t'en prie, Zaza. Crois-moi.

La fille plisse davantage le front.

– Je t'en prie, Zaza, singe le sosie en faisant des simagrées saccadées. Crois-moi.

Devant la voix distordue et l'étrange comportement du blessé, elle s'éloigne un peu. Mais la main du sosie fend l'air comme un éclair et la saisit à la gorge. Surprise, Zaza tente de se défaire des serres qui se referment sur elle comme des tentacules. Elle tousse, cherche l'air qui ne passe plus. Ses deux mains ne parviennent pas à ôter celle de son soi-disant ami. Elle sort la langue quand tout à coup, son étrangleur lâche prise. Il s'effondre devant elle. Elle aperçoit, au-dessus du corps, le gros bloc avec lequel Pixie vient de fracasser le crâne de l'autre.

L'imposteur, pris de convulsions à leurs pieds, émet une série de bips, puis s'éteint. Près de l'épaule, la peau déchirée du cou dévoile l'existence de circuits électroniques endommagés. Pixie s'accroupit auprès de l'odieuse chose. Comme pour son Jama, il découvre une petite plaquette de plexiglas cachée sous la peau du cou. Le clone substitut pour greffes d'organe s'appelle SubGO, lui aussi produit par les solutions de *Gestion Totale*. Le garçon se redresse avec dégoût.

– Pixie ? fait Zaza en se frictionnant la gorge. C'est bien toi ?

Le garçon la prend par le coude et déclare :

– Partons. L'endroit n'est pas sûr.

Il grimpe sur la trottinette de son amie et la fait monter derrière lui. Il se sert de l'empreinte digitale de Zaza pour démarrer puis fonce vers les quais spatiaux. Ils réussissent à tenir sur l'étroite plate-forme qui n'est pas conçue pour deux passagers. Zaza jette un dernier coup d'œil au clone gisant sur le sol.

– Crois-tu qu'il savait qu'il n'était qu'une copie de quelqu'un d'autre ?

– Je n'en ai pas la moindre idée.

Pendant le trajet, la jeune fille détaille le garçon en combinaison turquoise. Elle cherche l'indice qui lui prouvera qu'il est bel et bien Pixie. Elle scrute son profil lorsqu'il tourne la tête, analyse ses mouvements. L'inconnu agit exactement comme son ami. Il possède la même voix. Pourtant, ils ne se ressemblent pas du tout.

À leur arrivée aux quais spatiaux, ils garent l'engin dans le petit stationnement. Tout en se dirigeant vers le comptoir d'enregistrement, Pixie demande à Zaza :

– Comment me trouves-tu ?

– Bien, je crois.

Du revers de la main, il enlève la poussière lunaire déposée sur ses vêtements. Il sort les documents électroniques assurant son exil. Zaza lui touche le bras.

– Pixie ?

Le garçon s'immobilise. Il lui adresse un clin d'œil moqueur. Zaza esquisse un sourire. Cette fois, elle sait que c'est bien lui.

– Et si nous étions nous-mêmes les SubGO de quelqu'un d'autre, suppose-t-elle, inquiète.

Le garçon se mord la lèvre. Tout se peut. Mais il ne veut pas admettre cette éventualité. Il embrasse son amie sur les joues puis se présente au comptoir d'enregistrement. La préposée contrôle son identité et s'exclame :

– Vous voilà enfin ! Mais où étiez-vous passé ? Il ne manque plus que vous.

Pixie se tourne un bref moment vers Zaza.

– J'avais oublié de dire au revoir à mon amie.

La préposée le fait passer du côté des contrôles de sécurité. Pixie inspire profondément tout en apercevant les agents de l'astrodouane. Il rajuste le collet de sa combinaison ainsi que le bout de ses manches. Tandis qu'il circule à l'intérieur d'une longue cabine sans porte, il entend quelques personnes parler entre elles et taper sur des claviers. Voyant vert allumé. Pas d'objets métalliques détectés. On lui indique un second comptoir.

– Identité, lance le douanier d'un air bourru.

Le jeune colon exhibe les documents électroniques que l'homme consulte avec empressement. Il place devant l'œil de Pixie un lecteur rétinien.

– Raisons du séjour ?

– Je suis venu visiter ma tante.

– Vous voyagez seul ?

– Oui. Mes parents m'attendent sur Prima.

– Quels autres appareils apportez-vous en cabine ?

– Que mon calepin personnel.

– C'est bien, fait-il en autorisant le tampon électronique. Suivant !

Soulagé, Pixie déambule à nouveau parmi les voyageurs qu'il a croisés plus tôt. Il longe l'immense baie vitrée qui donne sur la plate-forme de lancement. Dans l'espace circulaire, en contrebas, des hommes en combinaison orangée s'activent autour de cinq navettes, participent aux dernières vérifications d'usage. Des opérateurs de treuils apportent marchandises et bagages jusque dans la soute des appareils.

Le garçon chemine vers le quai spatial numéro quatre. Avant de franchir la zone, on lui demande de se soumettre à un nouveau contrôle de sécurité puis il traverse la passerelle d'accès qui survole la navette. Tout au bout, un membre de la compagnie aérospatiale l'accueille d'un sourire pressé.

– Dépêchez-vous. Nous sommes prêts à décoller.

Pixie pénètre enfin dans la navette. La porte se verrouille automatiquement. L'ascenseur se met en branle et descend un étage.

– Bon vol.

Le jeune colon le remercie puis sort de l'ascenseur. Le vaste salon de l'appareil compte une dizaine de passagers. Ceux-ci ne désirent sans doute pas rester seuls dans leur cabine au moment du décollage. Le bar et le restaurant, vacants pour l'instant, commenceront leur service dès que la navette aura quitté l'attraction de la Lune.

– Votre bordereau de voyagement, je vous prie, lui demande une jeune femme sexy arborant les couleurs du personnel de bord.

Pixie lui tend le document. Après un bref coup d'œil, elle l'invite à la suivre jusqu'à sa cabine personnelle de vol. Ils remontent un corridor parsemé de portes. La navette dénombre une soixantaine de cabinés toutes catégories réparties sur trois niveaux. Elles peuvent accueillir d'une à quatre personnes.

– Si quoi que ce soit vous manque, n'hésitez pas à nous en informer, déclare-t-elle en montrant de l'index le poste de communication muni d'un écran, fixé au mur. Je vous souhaite un agréable vol.

– Merci.

Il referme la porte et considère l'intérieur de la petite cabine. Quatre sièges d'envol, une table, un cube sanitaire, un moniteur ainsi que des appareils de gymnastique rangés dans un placard utilitaire vont assurer son confort tout au long du trajet. Les deux valises du vrai Loga ont été déposées près de la table et des panneaux muraux qui se transforment en couchette. Le fugitif tourne sur lui-même en riant.

– J'ai réussi ! lance-t-il à la ronde. J'ai réussi !

L'intervention

LA PLATE-FORME s'ébranle doucement. Elle achemine la navette jusqu'à son aire de lancement. Le visage collé contre l'épais hublot, Pixie contemple les autres engins qui défilent sous ses yeux. La Lune, avec ses plaines irrégulières et ses immenses cratères, sera bientôt loin derrière lui. Il intègre le siège spécialement conçu pour les départs et les arrivées. Se rappelant son voyage sur la Terre, quelques années auparavant, il passe en revue chacune des étapes à suivre avant le fameux coup d'envoi : l'immobilisation de la plate-forme, l'ouverture de la lourde porte du quai spatial, le verrouillage des harnais de sécurité, l'inclinaison de la plate-forme, la mise à feu des réacteurs et, enfin, le grand départ. Le tout en moins de cinq minutes !

La plate-forme stoppe comme prévu. Un témoin rouge clignote, invite les passagers à mettre leur harnais. Pixie saisit le sien. Une fois bouclé, le voyant passera au vert. Personne ne pourra plus se lever pour tout le temps que la navette se trouvera soumise à l'attraction lunaire. Question de sécurité. Les passagers seront littéralement prisonniers de leur siège pendant les premières, mais aussi les dernières minutes du vol, lors de l'approche finale de la station spatiale.

Pourtant, le garçon en est certain, la porte du quai de lancement ne s'est pas encore ouverte. La preuve : les techniciens et opérateurs n'ont pas mis leur masque à oxygène. Le jeune colon fronce les sourcils. Y aurait-il de nouvelles procédures ? Suspicieux, il lâche les sangles.

À travers le hublot, il observe les allées et venues des employés de la compagnie aérospatiale. Au mur, le voyant rouge émet désormais un signal sonore afin de presser les passagers à fixer leur harnais de sécurité. Pixie s'apprête à reprendre les deux sangles lorsque quelque chose attire son attention.

« Non ! s'exclame-t-il, décontenancé. Ce n'est pas vrai ! »

Près de l'entrée de la zone d'embarquement, il distingue un groupe de policiers coloniaux, pistolet à fléchettes immobilisantes à la main. Parmi eux, il reconnaît le chef de police Coupefeu ainsi que la blouse blanche du docteur Iso ! Aucun doute qu'ils viennent pour lui !

Le fugitif se lève d'un bond. Il sait qu'il est pris. Les hommes armés doivent attendre sagement qu'il se rive lui-même au siège d'envol avant d'entrer pour l'appréhender. Il ferme les yeux puis les rouvre. Tentant de conserver son sang-froid, il enlève la combinaison turquoise du jeune unioniste puis la lance au fond du cube sanitaire. Devant la glace, il toise le visage de Loga pour la dernière fois. Du bout des doigts, il soulève le masque de silicone. Les traits empruntés se crispent, se rident, dévoilent ceux bleus de Pixie. Son ecchymose semble encore plus impressionnante que la veille. Il considère un instant le reflet de son regard dans le miroir puis baisse la tête vers ses mains recouvertes de gants. Il glisse les couvre-rétines dans leur boîtier mais décide de garder les empreintes digitales et rétiniennes. Au cas où…

Pixie insère ensuite, comme on le lui a recommandé, la plaquette de plexiglas portant le logo de *Gestion Totale* dans le calepin personnel. Il place l'utilitaire ainsi que les autres documents électroniques dans le cube sanitaire. Sans assister à la destruction du matériel devant servir à sa fuite, il revient vers la table. Il enfile rapidement une combinaison plus relaxe qu'il tire d'une valise. Il plaque ensuite les deux sacs de voyage contre le dossier du siège d'envol. Il les arrime avec les sangles du harnais de sécurité qu'il croise sur le devant. Aussitôt, le témoin lumineux devient vert. Toutefois, comme il l'avait pressenti, la plate-forme ne s'incline pas, la mise à feu ne se fait pas. À la place, les policiers coloniaux, accompagnés du docteur Iso, sortent de leur léthargie. Ils s'approchent de la navette d'un pas confiant.

Le fugitif quitte la cabine. Il remonte d'un pas précipité le couloir. Il parvient au grand salon de l'appareil au moment où il entend les policiers fracasser le sol du niveau supérieur. En une fraction de seconde, et sans que les passagers ni les membres d'équipage présents ne s'en rendent compte, il prend place sur un fauteuil libre du vaste salon, près de l'ascenseur.

Les agents de police font irruption. Les voyageurs sursautent, surpris par leur présence inattendue. Leurs harnais les empêchent de se mettre debout.

– Pourquoi retarde-t-on le vol ? s'informe l'un d'eux, à bout de patience.

– Dernier contrôle de routine, précise le chef de police.

– Ah bon ? fait un voyageur. C'est nouveau ?

Coupefeu acquiesce. Ses agents s'entassent avec lui dans le corridor tandis qu'un de ses hommes reste dans le salon pour en surveiller l'accès. Profitant d'un moment d'inattention de sa part, Pixie se lève et se rue dans l'ascenseur. Au passage, il renverse le docteur Iso qui essaie en vain de bloquer la porte. Malgré l'épaisseur de la paroi, il perçoit les cris stridents du médecin :

– Il a réussi à nous échapper ! Vite, Coupefeu ! Revenez !

Le garçon demande vocalement l'étage supérieur. Au sortir de l'ascenseur, deux agents de police l'attendent de pied ferme. Mais leurs mains s'abattent sur le vide. Pixie, qui n'a plus rien à perdre, se jette à plat ventre sur l'appareil. Il glisse le long de la coque, reprend une position plus ou

moins assise puis tombe sur la plate-
forme. Le choc violent abîme sa cheville
déjà affaiblie. Sa blessure à la cuisse semble se réveiller.

Malgré la terrible douleur, le garçon se
relève. Il poursuit sa course folle en boitil-
lant. Il zigzague tant bien que mal entre les
conteneurs de marchandises. Interdits, les
opérateurs de treuils le dévisagent sans
comprendre. Le jeune sélène profite de
l'entrée d'un train électrique chargé de
caisses pour se faufiler entre les portes d'accès qui rasent de le coincer. Pixie emprunte
un escalier puis regagne l'aire d'attente des
quais spatiaux. La souffrance physique le
force à ralentir. Deux bras l'attrapent alors
par derrière. Il relève la tête vers Zaza qui
le pousse en direction de sa trottinette.

— Allez viens, ils vont revenir.

— Tu es encore là ? fait le fugitif sans y
croire.

— J'allais partir quand j'ai vu les policiers coloniaux et ton médecin débarquer.

Elle s'interrompt. Elle avise alors
l'énorme ecchymose couvrant le visage de
son ami.

— Tu n'as pas trop mal, au moins ?

— Je résiste, dit-il simplement. Combien sont-ils ?

– Une dizaine. Ils ont tous investi la zone de lancement. La voie est libre. Viens.

Pixie secoue la tête d'un air résigné.

– Non, Zaza. Je suis blessé. Peu importe où j'irai, ils me retrouveront.

La jeune fille plisse sévèrement le front.

– Tu abandonnes ?

– Pour cette fois, c'est fichu. Ce n'est que partie remise.

– Il n'y aura pas d'autres occasions, Pixie. Ta nouvelle PIP risque d'inhiber tes comportements. Même tes pensées.

Pixie sait qu'elle dit vrai. Pourtant, il ose espérer que s'il a pu se soustraire au pouvoir de la puce électronique une fois, il le pourra sans doute de nouveau.

– Veux-tu devenir mon alliée ?

– Je l'ai toujours été, Pixie ! s'offusque-t-elle un tantinet.

– Alors prends ceci.

Le garçon retire en vitesse les gants de silicone et sort de sa poche le compartiment double renfermant les couvre-rétines. Il fourre le matériel dans le petit sac à dos de son amie.

– Ce sont les empreintes de Loga. Garde-les en lieu sûr. Elles pourront un jour nous servir. Et surtout Zaza, aide-moi à me souvenir…

Les agents de la police coloniale surgissent. Tandis que l'escouade n'a d'yeux que pour le fugitif, Zaza recule en douceur. La complice enfourche sa patinette puis s'en va. Malgré la douleur qui lui arrache des grimaces, Pixie se redresse. Il toise ses poursuivants avec défi. Comme le garçon se range du côté de la raison, le docteur Iso et le chef de police Coupefeu ordonnent à la petite troupe de policiers de ralentir le pas. Les hommes obéissent. Ils se dispersent de manière à encercler le jeune colon.

Pixie jette un coup d'œil à la ronde. Les voyageurs attendent leur prochain vol. Ils ne se doutent de rien. La présence des policiers coloniaux, au lieu de soulever leurs interrogations, les rassure. Avec eux non loin, il ne peut rien survenir d'inopportun. Ils se laissent endormir par leurs convictions, par cette apparente tranquillité. Ils ne reconnaissent même pas le garçon qui fait les manchettes depuis le début de la semaine. On leur a dit qu'on l'avait retrouvé, que l'enfant allait mieux. Les astrocitoyens l'ont cru. Ils se contentent de ce que leur crachent les moniteurs de la colonie.

– Réveillez-vous ! crie le jeune rebelle en pivotant sur lui-même. Ouvrez les yeux !

La police coloniale stoppe, de même que le docteur Iso. Quelques-uns des voyageurs relèvent le menton.

– Regardez les choses en face ! s'époumone-t-il davantage. Voyez ce qui se passe à votre insu !

Un murmure d'abord discret envahit la salle d'attente des quais spatiaux. On prononce le prénom de Pixie avec incrédulité. Les policiers coloniaux avancent d'un pas menaçant. Le garçon poursuit son tapage.

– Je suis Pixie ! Je suis le vrai ! Celui que vous avez vu sur les moniteurs n'était qu'un SubGO, un clone de remplacement. L'Union vous a tous leurrés ! Elle avait promis de n'utiliser les clones que pour des greffes d'organe en les maintenant en état de mort cérébrale. On les utilise maintenant contre nous pour nous asservir ! Ce qu'on vous dit, ce qu'on vous montre est faux !

La foule écoute avec embarras. Le docteur Iso sort de sa torpeur.

– Faites-le taire ! commande-t-il d'une voix cinglante.

– Vous êtes des esclaves, dénonce publiquement le garçon. Vous êtes les choses de l'astrogouvernement. Au nom de la sécurité et de la technologie, vous sacrifiez votre bonheur, vos rêves, votre...

Arme au poing, Coupefeu lève le bras. Il tire. Le projectile s'enfonce dans l'épaule de Pixie. Consterné, le garçon détaille le bout de la fléchette. Il veut la toucher, mais un deuxième projectile l'atteint à l'autre bras.

– Vous sacrifiez votre personnalité et votre... liberté... Ne laissez pas...

Ses membres s'engourdissent. Il se sent fléchir. Sa vue s'embrouille. Il plonge vers le néant. Sa main balaie l'espace autour de lui. Elle s'agrippe désespérément à la manche d'un voyageur qui passe.

– Ne laissez pas les autres, souffle le jeune colon au visage du touriste, penser à votre place...

Ses doigts se détendent. Pixie s'écroule sur le sol. Ses paupières papillotent. Le docteur Iso s'accroupit et place deux doigts sur sa carotide. Satisfait, il se relève en lissant sa blouse blanche.

– Emmenez-le tout de suite au bloc médical, dit-il au chef de police. Et trouvez

quelque chose de rassurant à dire à ces
badauds.

★

Lorsque Pixie émerge du brouillard artificiel, il perçoit le brouhaha de deux voix
familières qui s'emportent.

– Tout a failli mal tourner !

– Mais ce n'est pas le cas, n'est-ce pas ?

– Votre subterfuge met la police coloniale mais aussi l'Union dans l'embarras.

– Vous m'aviez pourtant donné votre
accord. Me reprochez-vous d'avoir réussi
là où vos agents ont brillé par leur incompétence ?

Le garçon ouvre un œil. Il tourne
légèrement la tête vers les deux hommes
qui s'accusent à tour de rôle.

– Le SubGO devait inciter le jeune à
sortir de sa tanière, soutient le docteur Iso.
La mission est donc accomplie.

– Oui, avoue le chef de la police coloniale d'un ton méprisant, mais la population devait tout ignorer. Vos méthodes
éveillent les soupçons des colons.

– Ce genre d'opération comporte toujours des risques. Nous avons sciemment
annoncé la capture du rebelle en l'agré-

mentant d'une jolie mise en scène. Le résultat final justifie nos moyens.

– Vous savez très bien, Iso, que cet incident précarise l'équilibre du Système solaire en entier. Les astrocitoyens avalisent nos actions pourvu qu'ils n'en sachent pas trop. La découverte de l'éveil électronique de ce fichu clone substitut va ralentir nos projets.

Le docteur Iso grimace. Il n'aime pas qu'on l'importune avec des détails de la sorte. Il déplace quelques instruments métalliques déposés sur le comptoir. Il soupire bruyamment.

– Notre police secrète verra le jour. Et vous et moi en serons les héros. L'utilisation du SubGO ne sera pas contestée en soi. Nous venons de fournir la preuve de sa nécessité lors d'enquêtes spéciales. C'est plutôt le désir ou non de lui octroyer à tout prix une identité ou pire, une âme, qui soulèvera les réticences éthiques des quelques humanistes de l'Opposition. Le SubGO représente bien plus qu'un simple clone préservé pour fin de greffe : il constitue l'outil idéal pour prévenir l'émergence des rebelles. Car nos détracteurs ne sauront plus à qui se fier. Et savez-vous ce que l'on fait lorsqu'on doute ? Eh bien je vais vous le dire, Coupefeu : on ne fait rien. Adieu les rebelles !

Le chef de police rit malgré lui. Il s'approche de la porte dont la paroi glisse entre les murs du cabinet.

– N'en faites tout de même pas trop, Iso. Sinon l'Union n'aura plus besoin de nos services.

Le médecin avise Pixie qui remue un peu.

– Il est réveillé. Faites entrer vos hommes.

Le chef de police invite trois de ces agents à passer dans la pièce. Ils s'installent près du garçon. Le docteur Iso redresse le dossier du fauteuil de Pixie. Il exhibe une seringue devant son visage.

– Tu as le choix, mon garçon : tu nous dis tout de ton plein gré ou tu nous dis tout grâce à cette petite merveille qui va couler dans tes veines. Que choisis-tu ?

– Peu importe…

Iso saisit brusquement le bras du garçon. L'aiguille de la seringue s'introduit sous la peau. Le niveau du liquide ambré s'abaisse. Aussitôt, une étrange sensation de lourdeur s'empare de Pixie. Sur l'ordre du médecin, son esprit se purge de tout ce qui a précédé les événements de la présente semaine. Comme si le garçon ne possédait plus de passé ni de souvenirs. Les circonstances entourant sa fuite le subjuguent. Elles déroulent dans sa tête comme s'il les revivait l'une après l'autre.

– Qui sont les rebelles qui t'ont aidé ? questionne Coupefeu.

Pixie répond sans une once d'hésitation. Il n'offre aucune résistance.

– Le vieillard qui est né sur la Terre, Prof et la tante de Loga.

Dès qu'il transmet ses informations, les trois agents assis autour de lui s'affairent à les compiler pour ensuite procéder à des recoupements. Pixie leur révèle tout dans les moindres détails : portraits-robots électroniques de ses amis rebelles, décoration intérieure de l'unité d'habitation de Prof, le mystérieux bijou que porte la tante de Loga à son cou. Tout y passe. Même le système parallèle de contrôle. Pourvu toutefois qu'on lui pose les bonnes questions, car le garçon a encore suffisamment de lucidité pour ne rien dire au sujet de Zaza.

Au bout de cinq heures interminables pendant lesquelles le jeune colon raconte sa fuite dans les souterrains de la colonie, le chef de police se tourne vers ses hommes.

– Et puis ? Qu'est-ce que ça donne ?

À l'aide de puissants portables, les agents continuent un instant d'interroger les données recueillies et les comparent à celles du méga fichier solaire. Ils affichent une triste mine.

– Les recoupements ne donnent rien, chef, affirme l'un d'eux d'une petite voix.

– Vous avez vérifié les départs des quais spatiaux ? Les sorties autorisées vers les centres d'extraction et de raffinage ?

– Bien sûr. Nous avons même lancé un avis dans toutes les colonies et les stations spatiales. Rien. Aucune similitude rencontrée.

– Et la tante de Loga ? s'impatiente un peu plus leur supérieur.

– Loga n'a pas de tante !

– Révisez vos méthodes ! lance le docteur Iso avec dédain. Le garçon ne peut pas mentir !

Les trois hommes s'exécutent. Ils fouillent de nouveau le contenu de centaines de milliers de fiches personnelles des astrocitoyens du Système solaire. Ils suent à grosses gouttes sous le regard implacable du médecin et de leur chef. La tension monte. L'embarras culmine.

– Il y a bien deux identités physiques pouvant concorder avec les coordonnées de ce vieillard et de Prof, mais…

– Mais quoi ? s'emporte Coupefeu. Allons les arrêter tout de suite !

– L'un des deux citoyens en question est décédé au cours des dernières semaines, chef. Et l'autre se trouve en réclusion totale sur *Terminus*. Quelqu'un a dû négliger la désactivation de leur identité.

Pixie, de moins en moins sous l'effet du sérum de vérité, pouffe malgré lui. Le docteur Iso le toise sévèrement.

– Puis-je émettre une hypothèse ? demande le garçon en s'efforçant de garder son sérieux.

Cinq paires d'yeux tombent sur lui à la manière d'un prédateur sur sa proie. Pixie croise nonchalamment une jambe par-dessus l'autre. Le silence lourd et inquisiteur ne l'incommode pas. Au contraire, il s'amuse du malaise de ses tortionnaires. La situation, l'espace d'un court moment, l'avantage.

– Que sais-tu ? clame avec violence le médecin.

– Moi ? Rien.

Le chef Coupefeu ne parvient pas à réprimer sa rage grandissante. Aussi se prépare-t-il à corriger le garçon d'une gifle bien sentie lorsque ce dernier déclare d'un trait :

– Et s'ils portaient eux aussi des masques de silicone ?

L'homme au képi noir suspend son élan. La pièce replonge dans un silence tendu. L'hypothèse de Pixie semble plausible. En agissant de la sorte, les rebelles assurent la survie de leur cause. Si l'un des nouveaux adeptes se faisait prendre, il ne dirait que ce qu'il sait. Il ne dévoilerait qu'une partie de la vérité.

Le docteur Iso claque les talons ensemble. Il incline la tête vers Pixie.

– Tu vois, mon garçon ? Ces rebelles t'ont toi aussi berné. Ils ne te faisaient pas confiance.

Pixie reprend son sérieux. Son menton se colle sur sa poitrine pour cacher son regard troublé. Si la supposition du médecin s'avère juste, cela signifie que les rebelles, tout comme l'astrogouvernement Union, ne disent pas tout. Ils utilisent les mêmes moyens qu'ils contestent. Tout cela pour une question de sécurité. Ils ne changent rien, n'innovent pas, ne font montre d'aucune transparence. Les modes de fonctionnement des deux clans ne diffèrent pas. Seuls les idéaux divergent. Chacun prétend détenir la vérité. Chacun justifie la poursuite de ses buts par les mêmes actions qu'il reproche à l'autre camp. Les deux sont issus du même paradigme sans pourtant trouver de juste milieu à leur querelle.

Le garçon se rappelle les paroles de sa sœur Cookie :

« C'est pour la bonne cause. »

Et si au fond toutes les causes étaient pareilles, faisant tourner sans fin le même cercle vicieux ?

Ravagé par ses pensées, le garçon se fait reconduire dans la salle d'opération. On l'allonge sur une table, fixe des sangles par précaution autour de ses membres. L'assistante du docteur Iso, qu'il reconnaît à sa blouse jaune, se penche pour lui offrir un tendre sourire.

– Ne t'inquiète pas, Pixie. Tout ira bien.

Comme la cigarette offerte autrefois sur Terre au condamné à mort, la gentillesse de la femme n'est qu'une maigre consolation. Une larme pique l'œil du garçon et glisse jusqu'à son oreille. L'assistante essuie doucement la larme. Son corsage s'ouvre légèrement.

Du coin de l'œil, Pixie voit briller quelque chose. Il remue la tête et aperçoit, entre les seins de la femme, le bout d'un mystérieux médaillon qui ressemble à s'y méprendre à celui de la tante de Loga ! L'assistante surprend le regard du jeune colon.

– Chut… souffle-t-elle en déposant un doigt sur la bouche du garçon. Ce n'est que partie remise.

Elle sort de son champ de vision et laisse place au docteur Iso. Muni d'une énorme seringue, le médecin adresse un sourire diabolique au jeune rebelle. La respiration de Pixie s'accélère. Une seconde larme suit le sillon estompé de la première. La seringue se rapproche. Le métal froid touche la peau de sa nuque. Il ferme les yeux, serre la mâchoire, bande les muscles. Clic ! L'implantation se révèle un succès. Pixie a maintenant une toute nouvelle puce d'identification personnelle. Ainsi qu'une petite révision mémorielle en prime.

Un, deux, trois et hop ! il plonge tête première. De retour à la surface, il agite dans la brise ses cheveux mouillés. Non loin, sur le rivage parsemé d'éoliennes, il les voit, les salue de la main. Il revient à la brasse puis fait quelques pas sur la courte plage de galets chauffés par les rayons du soleil.

– Viens, dit une voix masculine dans son dos. Nous avons une société à rebâtir.

Il continue de marcher. Les galets se transforment en pavé brisé, le sable devient de hautes herbes folles. Les ruines de l'ancienne ville, balayée par les ogives nucléaires ou par les soubresauts imprévisibles de la nature, s'amoncellent en désordre depuis des décennies.

Des chats jouent à saute-mouton par-dessus les détritus. Dans le ciel, un fin quartier de lune lui sourit.

Épilogue

– UN CÂLIN !
   Pixie ouvre un œil, puis l'autre. Il sourit à la boule de poils synthétiques qui se trémousse sous son nez. Il caresse le Jama qui sort la langue avec avidité.

Comme tous les jours à sept heures et demie, le garçon se lève. Il donne un coup de pied à son lit qui, basculant à l'horizontale contre le mur, dégage une table de travail. Il saute à pieds joints dans le cube sanitaire où le jet d'eau tiède finit de le réveiller. Il enfile ensuite une de ses combinaisons grises, fixe à la manche son brassard orangé et chausse des bottillons. Accroupi, il fait signe à son automate.

– Allez mon beau. On va manger.

Le chien accourt d'un pas saccadé puis s'élance dans les bras du jeune colon. Pixie ébouriffe le pelage de l'animal tout en passant dans la pièce suivante. Il embrasse ses parents qui prennent le petit-déjeuner.

– Bon matin, Pixie ! font-ils en chœur.

– Bon matin ! répond leur fils sur le même ton enjoué.

Il s'assoit en leur compagnie. D'une main, il mange des tartines à la confiture et un fruit tandis que de l'autre, il câline le ventre de son Jama dont les yeux se révulsent de bonheur.

– J'ai l'intention de devenir membre de la Chambre des Jeunes pour l'Union. J'aimerais participer au congrès qui aura lieu dans deux mois sur Prima. Qu'en dites-vous ?

L'annonce indispose le couple. Les époux s'adressent un coup d'œil nerveux. Il semble bien que la révision mémorielle n'ait pas dissuadé leur fils de voyager.

– Je pourrais en profiter pour faire un stage, poursuit Pixie, les yeux brillant d'enthousiasme. Ce sera utile lorsque nous habiterons sur Mars. Je me suis informé. Il n'y a aucun représentant des jeunes unionistes dans le secteur où nous vivrons.

Cette fois, ses parents se détendent, soulagés de constater que tout est rentré dans l'ordre. La Terre et ses idées de rébellion ont bel et bien été évacuées. Ils l'en félicitent en consentant au projet par de larges sourires conquis.

Heureux de contribuer à l'harmonie de sa famille mais aussi à celle de sa société, le garçon se dépêche d'aller au secteur académique en trottinette à piles. Il fait une courte halte au parc central sous le dôme de la colonie. Zaza vient l'y rejoindre. D'emblée, le jeune colon dévoile à son amie ses intentions. Il lui propose même de l'accompagner sur la grande station spatiale Prima.

Zaza l'observe avec inquiétude. Le garçon a tellement changé. Il est docile comme un agneau. Malgré sa promesse, elle n'ose pas l'aider à se souvenir. Elle a trop peur qu'il la dénonce. Elle se détourne un peu pour refouler les larmes qui envahissent ses prunelles.

– Tu as de la peine parce que je vais aller habiter sur Mars ? s'informe Pixie.

La jeune fille se contente de secouer le chef. Il enroule ses bras autour de ses épaules et lui murmure à l'oreille :

– Zaza, tu as toujours le cadeau que je t'ai fait lorsque nous étions aux quais spatiaux ?

Le souffle coupé par la question im-
promptue, Zaza écarquille les yeux.

– Nous en aurons besoin sur Prima,
affirme-t-il.

Il referme sa main sur un petit bout de
papier et, sans attendre de réponse, il enfourche sa patinette tout en adressant un
clin d'œil espiègle à son amie.

Table

PAO : Éditions Vents d'Ouest (1993) inc., Gatineau
Impression : Imprimerie Gauvin ltée
Gatineau

Achevé d'imprimer en septembre
deux mille trois

Imprimé au Canada